果然我的青春戀愛喜劇搞錯了。⑩

My youth romantic come[...] wrong as I expected.

渡[...]ATARI】
繪者／p[...]

日本小學館正式授權繁體中文

果然我的青春戀愛喜劇搞錯了

My youth romantic comedy is wrong as I expected.

登場人物【character】

比企谷八幡……… 本書主角。高中二年級，個性相當彆扭。

雪之下雪乃……… 侍奉社社長，完美主義者。

由比濱結衣……… 八幡的同班同學，總是看人臉色過日子。

戶塚彩加………… 隸屬網球社，非常可愛的男孩子。

川崎沙希………… 八幡的同班同學，有點像不良少女。

葉山隼人………… 八幡的同班同學，非常受歡迎，隸屬足球社。

戶部翔…………… 八幡的同班同學，負責讓葉山團體不會無聊。

三浦優美子……… 八幡的同班同學，地位居於女生中的頂點。

海老名姬菜……… 八幡的同班同學，隸屬三浦集團。是個腐女。

一色伊呂波……… 足球社的經理，高中一年級。當選為學生會長。

城迴巡…………… 前學生會長，高中三年級。

平塚靜…………… 國文老師，亦身為導師。

雪之下陽乃……… 雪乃的姐姐，大學生。

比企谷小町……… 八幡的妹妹，國中三年級。

第一手札

說不定，那獨自不屬於任何人。

一路走來，我的人生盡是恥辱——

不經意間，我的視線被這行字吸引住。

年關將近，家裡正忙著大掃除。我將家中藏書拿出來整理，弄著弄著，便忍不住手癢翻了起來。

之所以在眾多藏書中挑到這一本，想必是因為其簡短的四字書名，奇妙地與自己產生了連結。

人間失格——

印象中，自己是在升上國中後，閱讀這本書。

當時讀到第二手札的半途，我便斷然闔上書本，之後再也未曾翻開。對當年的自己來說，《人間失格》的內容艱澀，以讓國中生閱讀的作品而言，又顯得有些枯燥。更何況，其他有趣的事情比比皆是，我沒有無聊到只能假裝很厲害，硬啃這本書來打發時間。

因此，當時的我選擇闔上書本。

那本書有如把自己，尤其是埋藏得隱密再隱密的本性挖出來，大剌剌地攤在陽光下。

我甚至懷疑，連國中時代的自己為什麼要硬著頭皮讀下去，都寫得清清楚楚。

時至今日，這本早以為被丟掉的書重新出現在眼前，我才驚訝地把它拿起來。

但是，仔細想想，我根本不可能丟掉這本書。

有人說，書櫃會表現出擁有者的性格。

若真如此，這想必就是我的本性。這麼多年來，自己根本放不了手，只是把它塵封起來，選擇視而不見。

可是，現在的自己再度拾起這本書。

天啟乎？命運乎？

我個人並不相信這類事物。但是，急急忙忙地否定反而有種默認的感覺，我也不喜歡這個樣子。

我拂去堆積在封面的灰塵，帶著書沉入沙發。

當年的自己只讀到半途，便不敢繼續讀之後的部分。

如今，我勢必得提起勇氣面對。

1

到頭來，比企谷小町還是向神明祈禱

讀完最後一頁時，太陽早已西沉。

大至清掃整棟房子，小至整理房間，在無意中發現一本書，然後不小心看得入神，是一種很常見的通病。

好險好險……要是剛才看的是什麼連載中的作品，自己絕對會一頭鑽進去，不追到最新進度絕不罷休，然後用力敲碗大喊：「作者還不快去工作，給我把下一本生出來！」

我從沙發上爬起身，把看完的書放回書櫃。

我的大掃除到此結束。雖然連半件事情也沒做成，總之，到此結束。

人生中的汙點永遠無法被抹除。將這個道理發展至極致，即可明白「掃除」是一件不可能達成，也沒有意義的事。一旦生命不再潔淨無瑕，不論使用何種手段，人生的大掃除將永遠沒有結束的時刻。

說是這麼說，我至少整理好了自己房間的書櫃，於是意氣風發地凱旋回到客廳。

今年只剩下最後幾天。

明天是父母親這一年的最後一天上班，等著收尾的工作堆積如山，所以他們今天要忙到深夜才回家。母親早已料到這幾天會很忙碌，先前只要有零碎時間，便一點一點地打掃家中，因此，客廳現在已經變得乾淨整潔。

可是，仍然有個散發不祥氣息的物體癱在地上。

——我的妹妹，比企谷小町。

小町俯臥在暖被桌裡，露出半截身體。家貓小雪窩在她的背上，不斷舔舐自己的毛。

「妳怎麼啦……」

我不禁出聲詢問，但小町毫無反應，就只是個屍體……喔喔，小町，這樣死掉未免也太悲慘（註1）……

不過，貓賴在身上不肯走開，想必也很痛苦。小雪黏在她的背上動也不動，有如化成地縛靈。話說回來，化成地縛靈的貓妖到底是地縛靈還是貓還是妖，區分清楚好喵？

我也鑽進暖被桌，一把抓起小雪，放到自己的大腿上。小雪試踩幾下我的大

註1　兩句皆為遊戲《勇者鬥惡龍》之名句。

腿，又馬上窩好開始打盹。把你吵醒真是不好意思啊～原諒我好喵♪

這時，小町從背上的沉重感解脫，將臉抬起。

「啊，哥哥……」

平時惹人憐愛的小町，此刻卻掛著死氣沉沉的雙眼。哎呀討厭～怎麼變得跟哥哥一樣！我們不愧是兄妹！既然我跟可愛的妹妹這麼相似，一定代表我也很可愛對不對——得了吧，那對死魚眼一點也不可愛。連這麼可愛的小町掛上死魚眼都可愛不起來，可見自己有多麼不可愛。

不過，我還是頭一次見到小町變得如此頹廢。

「喂，妳還好吧……」

「嗯……不行了……」

她發出一段嘟噥，隨即把頭埋回靠枕，接著斷斷續續地囈語。

「得趕快……大掃除……要把廢物……哥哥，送出去……」

「小町，妳先冷靜。大掃除已經差不多結束了。還有，哥哥才不會隨便離開這個家。耐心點。」

「嗚嗚，小町好想快點處理掉……」

她瞪過來一眼，視線裡帶著強烈的不滿。可是，我也有話要說。我這個人麻煩得要命，想把我掃去別人家，難度恐怕跟讓平塚老師嫁出去一樣高，所以幾乎能說是想都不用想。不過，現在不是幫自己拉防線的時候，小町的事情更重要。

我大概猜得出，小町為什麼變成現在這副模樣。原因十之八九出在迫在眉睫的升學考試。那麼拚命地用功肯定很辛苦，模擬考的成績想必也讓她頗著急。聖誕節過後，小町開始沒日沒夜地閉關苦讀，到了除夕來臨之際，似乎也耗盡所有力氣。

她哭哭啼啼地向我訴苦。

「完蛋了……完蛋了啦……」

接著，偷瞄過來一眼。

她見我默默地不發一語，又把臉埋回靠枕，從中發出含糊的低喃。

「嗚嗚嗚……好累喔……」

接著，再偷瞄過來一眼。

真是麻煩的傢伙……但是，用不著擔心。我可是擁有十五年資歷的專業哥哥，當然知道這種時候應該對她說什麼。

「……唉，老是關在房間裡念書，也會覺得喘不過氣吧。新年快到了，要不要去神社參拜，順便到處走走，轉換心情？」

「要！」

聽到這句話，小町猛然爬起，想也不想便立刻回答。很好很好，判斷得相當精準，沒有砸掉「專業哥哥」這個招牌。我希望將來從事的職業，能夠充分發揮這項本領。真要說的話，國家應該盡早為我準備「哥哥」這種職業。等一下，為什麼哥哥可以變成職業？要讓家裡的妹妹來養嗎？那樣豈不是全世界最棒的無敵工作——想太多。才沒有什麼無敵，說穿了不過是無業遊民。

話說回來，身為一名專業哥哥，我也記得要確實提醒妹妹該做的事，而不是無條件地寵愛她。

「那麼，這幾天妳要用功念書。」

「知道知道～一想到接下來的玩樂計畫，小町便有動力念書了！」

小町嘴上那麼說，實際上卻絲毫沒聽進去。她坐直身體後的第一件事，是拿暖被桌上的橘子吃。嗯……重新燃起動力本身，的確是好事沒錯啦……

「有沒有哪個聽說很靈驗，想去參拜的神社？」

「嗯……」

經我這麼問，她開始思考。

利用新年期間前往神社參拜，算是大考前不可或缺的行程。平常不燒香的人，到了緊要關頭也會抱佛腳。

事態真的相當緊急時，的確只剩下神明能夠依賴。畢竟，人類這種生物一點也不可靠。由此可以得知，既然我們無法依靠他人，乾脆日常生活的大小事通通交給神明解決。當危機接二連三出現、束手無策的時候，總是但願某種超人能出現在這裡（註2）。

註2 出自特攝片《超人力霸王蓋亞》之片頭曲歌詞。

「這附近的話，就是之前老爸號稱要徹夜排隊的龜戶天神社。」

從我們家到龜戶天神社不會太遠，一趟總武線即可直達。那裡供奉的神明專司學業，所以不用想也知道，這段時期一定擁擠得不得了。光是想到洶湧的人潮，我便忍不住倒抽一口氣。沒辦法嘛～誰教人家拿人多的地方沒轍☆

除了我之外，小町也不知為何露出厭惡的表情。

「徹夜排隊……爸爸的這一點讓人不太舒服呢……」

有個這樣的老爸，不是很好嗎？姑且放過他吧……當初要不是老媽制止，他還打算跑去大宰府（註3）喔……打消他徹夜排隊念頭的，恐怕也是老媽。

「好啦，先把老爸放到一邊。其他的話，還有湯島天滿宮……」

湯島天滿宮祭祀的同樣是菅原道真，每年一進入考季，也會成為相當熱門的參拜神社，所以這段時期一定擁擠得以下略。

我提出幾個意見，但小町只是發出沉吟。

「嗯……有名的神社當然不錯……不過，離學校近的神社感覺會更靈驗！」

「是嗎？這樣的話……淺間神社？」

「喔——那個常常在辦祭典的神社！」

「最好是常常在辦祭典啦。」

神社一年到頭都在辦祭典，還像什麼樣子？大家還會抱持感恩的心嗎？那像極

註3　指位於九州福岡縣之太宰府天滿宮。主祭學問之神菅原道真。

了秋葉原車站前，永遠打著「結束營業大特賣」廣告的店面，簡直是「每天都能是everyday」的極致。

既然小町對淺間神社不熟悉，我也不能太責怪她只想得到祭典。如果是著名觀光名勝也就算了，我們會去住家附近神社的機會，一年也不過新年跟祭典這一、兩次。

不過，淺間神社啊……有種會在那裡遇到很多熟人的不好預感，實在不怎麼想去。但是跟去附近的神社，然後在那裡遇到國中同班同學比起來，好像稍微好一點。這是怎樣，我根本哪裡也不想去吧？

小町似乎從我的臉上看出遲疑，露出關心的眼神。

「怎麼了？」

我這麼問道，她端正坐姿，鄭重其事地開口：

「啊，沒什麼。只是在想，哥哥其實不用特別跟在小町身旁。小町也可以跟媽媽一起去。」

嗯——爸爸自然而然地被忘掉了呢。不愧是我的老爸！

其實，我也隱約察覺出來，小町突然在意起我的緣故。別看小町那個樣子，她也懂得為自己的哥哥設想。但是我要補充：哥哥我啊，同樣懂得為自己設想喔！只不過，我還不太能拿捏正確的應對方式。

因此，對我而言，這個為期不到兩週的寒假來得正好。雖然下個學期開始後，我還是不得不再次面對。

不管怎麼樣，寒假期間可以暫時喘口氣。既然是放假，當然要全力休息。這才是我的風格。身為一名立志成為家庭主夫的男人，最忌諱的莫過於在假期間耗費腦力。遇到決策一律使用拖字訣，提議通通帶回去當作業——這些都是社畜的工作守則！所以到底是社畜還是家庭主夫，分清楚好不好……

為了在假期全力休息，把所有問題留到之後再煩惱，我決定轉移話題。

「用不著為我操這個心。」

「唉～可以的話，小町也希望不用幫哥哥操這種心。」

她故意大大地嘆一口氣給我看。真抱歉啊，誰教哥哥就是這個樣子。

「其實，妳不去的話，我頂多跟往年一樣，自己去參拜。這樣我還樂得輕鬆。」

「哥哥又說這種話……」

「古人說：一年之計在於春。這句話的意思是，要是在開春參拜遇到什麼不愉快的事，接下來的一整年都會很不愉快。所以小町啊，新年跑去神社跟大家人擠人，弄得自己滿肚子火氣，妳不覺得很愚蠢嗎？」

小町起先擺出受不了的表情，還對我翻白眼。但是聽過這般大道理後，她轉而同意我的想法，不停地點頭如搗蒜，還一臉認真地看過來。

「一年之計在於春……有道理。看樣子，小町還是跟哥哥一起去好了。」

「嗯，好啊……怎麼突然……」

前一秒明明還用不屑的眼神看著我，現在卻變得正經八百。小町的態度轉變之快，讓我有點不舒服。她露出笑容，這麼對我說：

「如果小町開春跟哥哥一起度過，不就代表接下來的一整年，都能跟哥哥一起度過了嗎？這句話是幫小町加分用的。」

「啊，喔……大概吧。」

小町的回答太過直球，我的腦袋一時轉不太過來。

…………

……天啊，我的妹妹怎麼這麼可愛！姑且假裝沒聽到固定在句尾出現的老梗，我的妹妹真是太可愛了！

「小、小町……」

我感動地哽咽起來，小町則是鼓起羞紅的雙頰，把臉別到一邊，再偷偷側眼瞄過來。

「不、不要誤會喔！人家明年會跟哥哥上一樣的高中，所以一起度過的意思是一起去祈求考試順利！這句話是幫小町加分用的！」

天啊，這樣也能傲嬌……這麼廉價的傲嬌，簡直跟Portopia的凶手有得比。凶手是阿康（註4）！連我都快要受不了……

註4　出自PC與任天堂紅白機著名推理遊戲《Portopia連續殺人事件》之名臺詞「凶手是阿康」。阿康原文（ヤス）與廉價（安い）發音相同。

儘管小町刻意的舉動一點也不可愛，只要想到那是為了掩飾先前的害羞，便覺得還是很可愛。

「那麼，一起去吧。」

「嗯！好——那小町先回房間去，再多用功一下！」

小町爬出暖被桌，站起身體。

「嗯，加油吧。」

小雪還窩在我的大腿上。我抓起牠的前腳，對小町揮幾下。

「是——小町會加油！」

她露出笑容回應，並且拿起手機，在回自己房間的路上哼著歌，開始撥撥按按。

客廳剩下我跟小雪。小雪嘖一聲氣，掙脫被我握著的前腳，老大不高興地爬起身，用力伸展一下筋骨，然後鑽進暖被桌內。

我也追隨牠的腳步，整個人窩進暖被桌，只剩肩膀以上的部分露在外面，完全切換至廢人模式。

今年的日子已剩無幾，跟往年一樣，又是一個平靜的歲末。

× × ×

新的一年平安無事地到來。

新年快樂。

家人之間還要互道恭喜，未免矯情了些。而且，更有一種愚蠢可笑的感覺。

但是，為了得到紅包，這麼做也是身不由己——沒有錯，培養社畜的英才教育從小便要開始扎根。想得到金錢的話，即使面對多少不合情理的事情，也得選擇視而不見，勉強低下自己的頭，露出諂媚的膚淺笑容。這，就是社畜。

我想著這些無關緊要的小事，順利地從父母手中得到紅包。多年以前，剛拿到手的紅包會在一句「媽媽幫你保管」之下，很快地被存進某間神祕的mother bank。我在那裡的戶頭，想必也累積了不小的財富。將來離開這個家時，我相信自己一定可能、有十足的把握、應該拿得回來。但願到時候的「mother」不會少掉最前面的字母。

既然今年的資金順利入袋，我便可以悠悠哉哉地窩在暖被桌裡，把椅墊當成枕頭，靠在上面把玩手機。

今年跟往年的一個不同，在於過了除夕夜，從來沒發過聲響的手機有了動靜。信箱內出現幾封拜年的簡訊。

新年第一天，便有人寫一大串又臭又長、活像個笨蛋的簡訊；第二封是清爽簡潔，卻又可愛到活像個笨蛋的簡訊；另外一封是寄件人不詳，如同在寫預言的簡訊……反正，賀年簡訊就是這個樣子。本來以為還會有一封跟我沒大沒小的簡訊，但是遲遲沒有出現。沒差，我個人也不抱什麼期待。總之，先把散發濃厚中二氣息，以及如滔滔江水般冗長的兩封簡訊打發掉。

至於剩下的一封，亦即簡潔風最新力作「敲口愛簡訊」，我則遲遲想不出該怎麼回覆。太過認真而寫得又臭又長，只會讓對方覺得不舒服；用一堆圖片跟表情符號把整封信弄得花花俏俏，又會讓我自己覺得很噁心。照這樣看來，使用最標準的範本才是唯一解。可是，這樣也可能使對方覺得自己冷淡。

如果寫簡訊跟賀年卡一樣有範本可參考，還有篇幅限制的話，想必會輕鬆很多……賀年卡這種東西，一眼即可分辨寄件者是否單純出於社交禮儀，所以相當方便。準備一大張照片或圖片印出來，再找個空白處留一行「下次還要一起玩喔」、「下次再一起喝酒吧」之類的字，便大功告成。日本文化真是超優秀der～話說回來，大學生找不到話題時，未免也太喜歡使用「下次再一起喝酒吧」。要是他們真的一年到頭都在喝酒，豈不是要酒精成癮？但他們並沒有酒精成癮，可見那句話不過是一種寒暄，實際上根本不會找你去喝酒……

我一邊在腦中思索，一邊將回信內容寫了又刪、刪了又寫、寫了又刪，寫寫寫寫寫寫寫！刪刪刪刪刪刪刪！

雖然想正式地回一封長篇信件，又怕內容太冗長，掃了對方的興。但是太簡短的話，可能又會讓對方覺得自己冷漠。顧慮到這兩種情形，最後我索性控制在跟對方簡訊相差不遠的篇幅。這在心理學上稱為「鏡射效應」。採取跟對方相同的舉動，有助於提升好感度喔！

「哥哥，我們出發吧。」

我回信到一半，聽到小町的聲音。

現在是上午九點前一刻，父母早早便去龜戶天神社參拜，我們也差不多該動身。

「的確……走吧。」

確定簡訊順利送出後，我爬出暖被桌，站起身體。

× × ×

擁擠的電車一路搖搖晃晃，載送我們到幾站之外。跟隨川流不息的人龍通過剪票口，沿著下坡走一會兒，終於到達淺間神社的第一鳥居。

據傳這面向著十四號國道的鳥居，周圍曾經是一片海洋。代表官方的千葉君（註5）都這麼提過，所以肯定不會錯。換句話說，這個地方存在過媲美世界遺產嚴島神社的莊嚴美景，所以千葉同樣有名列世界遺產的潛力。當然了，在我的心目中，千葉早已成為世界遺產。

「今天出來的人，也太多了吧……」

不愧是我心目中的世界遺產……受歡迎的程度真高……

「因為是附近最大的神社嘛。大家當然都會來這裡參拜。」

註5　千葉縣官方吉祥物。

是啊，說得對極了……等等，仔細想想，如果大家都選擇來這裡參拜，遇到高中同學的可能性，也會跟著提高……

慘惹……我每年都在住家附近的神社參拜，才完全忘了這一點……

這時，小町開始東張西望。

「啊，看到了看到了。」

接著，她鑽進人潮，快步往前走。

「啊，喂，小町，妳要到哪去？」

妳可是家裡重要的考生千萬不能跌倒滑倒或迷路一定要牽好哥哥的手有需要的話給哥哥公主抱都行所以給我回來──我伸出手要拉住她，結果看到前方出現熟悉的面孔。

「哇──兩位新年快樂！」

小町一副要撲上去似的，朝那名少女直衝過去。對方看到小町，朝氣十足地舉手打招呼，頭上的亮棕色丸子跟著晃了一下。

「新年嗨囉──」

「那是哪一國的招呼……新年快樂。」

我不禁感到渾身脫力。由比濱身著經編羊毛大衣，頸部用圍巾層層環繞，手部則用連指手套完全包覆。

站在由比濱身旁的是雪之下雪乃。她穿著白色大衣、格狀迷你裙底下是黑色緊身褲。

「……新年快樂。」

雪之下將臉埋在毛茸茸的圍巾裡。她鄭重其事地問候，讓我好難為情，手指頭不自覺地玩弄起圍巾線頭。

「嗯……新、新年快樂。」

「那麼，大家一起去參拜吧。」

小町率先鑽進人群，我們三人隨即跟上。走到半途，我輕戳幾下她的背。

「小町啊，哥哥有問題想問妳。」

「嗯？」

我挨到她的身邊，悄聲開口。

「她們怎麼也來了？」

「跟小町約的啊☆」

「妳在說什麼啊……」

小町見我不耐煩貌，嘟起嘴巴說：

「她們是小町的朋友，有什麼關係？」

「是沒有錯……不過在約之前，妳也應該想想……」

我搔搔臉頰，發出沉吟思考。

一般而言，即使要約其他人一同參拜，也會選擇同一間學校的朋友才對。不

過，我國中時沒有朋友，所以不知道實際情況如何……對啦，一定是妖怪的錯。這就是所謂的妖怪獨行俠嗎（註6）……

說真格的，連新年期間都這麼配合自己的哥哥，我難免擔憂起小町的交友狀況。小町見我的臉蒙上陰影，似乎也察覺出我想說什麼，故意清了清喉嚨，低聲說道：

「哎呀，都到了非常時期，不約學校的朋友出來參拜，才符合禮儀。」

原來如此，我立刻明白了。同班同學沒出現在邀請名單中，正是顧慮到大家臨考前的緊繃心情。

每次大考結束後，總是幾家歡樂幾家愁。

三五好友報考同一間學校，結果幾個人上榜、幾個人落榜的案例時有所聞。聽到男女朋友報考同一間學校，結果一個人上榜、另一個人落榜的話，我一定會衝到他們面前UCCU；要是因此漸漸疏遠，最後終至分手，我還有可能連在夢裡都幸災樂禍地對他們UCCU。

在國中生的階段，一場大考說不定會使友情留下無法彌補的裂痕。報考升學型學校更是如此。由於升學型學校每年的招生名額有限，不可能所有考生都上榜。不幸落榜的人，想必會憤而斷絕與上榜同學的情誼。如果是我，早就這麼做了。因為落榜不但丟臉，還會讓人感到悽慘，甚至心生怨恨和嫉妒。有人將這些負

註6　原文為「妖怪ボッチ」，發音近似遊戲「妖怪手錶」（妖怪ウォッチ）。

面情感表露無遺，也有人懂得自我克制，會在表面上維持笑臉，之後才翻臉切斷關係。

儘管大家都很清楚，天下沒有不散的筵席，分道揚鑣的日子終將到來，個中道理仍然很複雜。若想歡笑著跟大家一起畢業，最好別在大考進入倒數計時的階段打擾朋友。這種時候，便覺得沒有朋友真是好處多多！建議所有補習班的第一堂課，都要從破壞朋友關係教起！

基於上述理由，這種時候跟相差幾歲的朋友在一起，反而比較自在，不用顧慮太多問題。

像是現在，雪之下跟由比濱面帶笑容聽小町說話，你一言我一語地好不熱鬧。一開始放寒假，小町便拚了命地用功念書，努力追回落後的進度。對她而言，當下說不定是感受得到平靜的時刻。

由比濱一邊隨著人潮前進，一邊扭頭左看看、右看看，研究綿延參拜道路兩旁的攤販。

「好像來到祭典呢！」

「對啊！要不要吃些什麼？」小町也相當興奮。

「贊成贊成！那麼我要……糖葫蘆好了。」

兩個人正要離開參拜道路時，一旁的雪之下揪住她們的圍巾。

「先參拜完再說。」

「是……」

由比濱跟小町這才不情不願地回來。

怎麼有種姐姐管教妹妹的感覺……我這個哥哥只能被晾在一旁……

或許是雪之下的務實性格，或許是由比濱擅長配合別人的個性，也或許是世界級妹妹・小町的妹妹屬性使然，總而言之，這三個人雖然有年齡上的差距，相處得卻很融洽。

由比濱走在最前面，帶領大家前進；小町開心地笑著，緊緊跟隨由比濱的腳步；雪之下走在後面，默默地看著她們。

我則落在最後方，凝望前面的三個人。

……等等。竟然覺得她們很像三姐妹……好像有哪裡不太對勁。

不妙。

新年第一天，腦袋便出現這種莫名其妙的念頭。我的嘴角忍不住上揚，臉頰肌肉跟著鬆弛下來。我趕緊把圍巾往上拉，掩飾自己的表情，順便別開直視前方的視線，看向密密麻麻的人群。

說真的，新年一定得這麼擁擠嗎……思考迴路瀕臨癱瘓邊緣，好想馬上回家……

好在登上石階，進入神社範圍之後，擁擠的程度多少有些改善。

這裡沒有攤商店家，前方只有一座神社，所以眾人得以心無旁騖地前往參拜。

我們順著人群，來到神社前。

「大家想許什麼願望？」

「新年參拜又不是七夕，幹麼許願……」

「嗯。新年參拜不具功利現實性，不是許願請神明實現的場合。」

「天啊～～這兩個人好無趣……」

小町對我們的回答大表不滿，由比濱也在旁幫腔。

「就是說嘛～新年參拜不是要向神明祈求？求一下又沒什麼損失～」

糟糕，我完全聽不懂她那套歪理。雪之下同樣無法理解，按著太陽穴嘆一口氣。

「唉……好吧，妳說得也有道理。雖然我認為跟祈求比起來，向神明立誓更重要。」

由比濱見雪之下泛起微笑，大力點一下頭，開心地攀住她的手臂。兩人拿出硬幣，投入賽錢箱，一起搖鈴鐺，鞠躬兩次，拍兩下手，輕輕閉起眼睛。

在神明的面前宣誓，是莊嚴隆重的事情。

接著，我也依循參拜步驟，合掌祈求。

心中的願望，或是要對神明發的誓嗎……

我側眼瞄向雪之下和由比濱。

雪之下輕閉雙眼、佇立在那裡，脣間透出一絲吐氣；由比濱用力闔著眼皮，擠著眉頭發出「唔唔唔～～」的聲音。我無從得知，她們許了什麼願，或立下什麼誓言。

我跟著閉上眼睛。儘管心中沒有稱得上願望的願望，如果是能透過努力達成的事情，現在先暫且不許願。

總之，先幫小町祈求順利上榜吧。唯有小町的大考，我再怎麼想幫，也幫不上忙。

× × ×

參拜行程結束後，我們總算得以從擁擠的人潮脫身。

這座神社的範圍寬闊，隨意環視四處，皆能見到巫女巫女護士（註7）——騙你的，當然沒有後面的護士。由比濱到處看了一下，注意到某個地方。

「啊，是御神籤！」

「……抽抽看吧。」

我們依序拿起六角形的木筒搖晃，使裡面的木棒落下。將落下的木棒編號告訴巫女，即可得到對應的籤。

我打開自己抽到的籤。

「小吉……」

註7《巫女巫女護士》為二〇〇三年發售之十八禁戀愛遊戲。

完全不知道該不該高興……唉，也對啦。畢竟才意思意思地出個一百元，當然不能抱持太高的期待。再看看籤上的各項目運勢，果然還是不知該不該高興。這種複雜的感覺，如同看到健康檢查報告單上出現「未病先防」四個字。

抽到一支絕對不算壞的籤，讓我猶豫該不該綁起來。這時，雪之下將自己的籤攤開給我看。

「……吉。」

她還露出勝利的得意笑容。咦，小吉不是比吉還要好？不管我怎麼看，那張籤都普通到毫無說嘴之處……不過，既然雪之下笑得那麼得意，應該是吉比較好吧。

這個人還是老樣子，什麼事都不肯輸給別人……接著，輪到由比濱發出「嘿嘿～」的笑聲，秀出她抽到的籤。

「我是大吉！」

「……嗯，太好了。」

雪之下嘴巴上這麼說，眼中卻燃起熊熊烈火。應該不要緊吧……她該不會憤而砸下重金，不抽到大吉絕不罷休……

正當我為此捏一把冷汗，小町帶著灰暗的神情，從雪之下的身旁冒出來。

「小町抽到凶……」

竟然在大考前夕抽到下籤……由比濱頓時收起笑容，原本被激起競爭心態的雪之下也不禁語塞。怎麼回事，現場突然籠罩一片低氣壓……

雪之下先輕咳幾下，接著拍拍小町的肩膀，告訴她：

「不用擔心。你們家裡都容得下這麼大的災厄，抽到凶籤一點也不算什麼。」

「妳未免太不會安慰人……小町啊，不過是求個籤，不用太放在心上。反正一個星期之後，就會忘掉當初抽到什麼。」

「你還不是半斤八兩……」

「人家抽到大吉籤，好像也不覺得那麼高興了……」

雪之下跟由比濱露出複雜的表情，看向各自手中的籤。怪事……我明明很努力地幫小町打氣，現在反而連其他人也消沉下來。

好在這時，由比濱想到什麼點子，拍了一下手。

「啊，對了！來，我們交換。」

她把自己的籤遞給小町。

「咦，可以嗎？」

「嗯！」

小町看著她的滿面笑容，仍然不確定該不該收下，轉而尋求我的意見。

「既然是幸運物，就收下吧。」

那可是不知道怎麼考進總武高中的由比濱抽到的大吉籤，想必非常靈驗。那張籤說不定扭曲了無數的因果，甚至連物理法則都能直接無視。

「謝謝結衣姐姐……小町會好好努力！」

「嗯！如果小町能成為學妹，我也很高興。」

由比濱將自己的籤讓給小町，收下她的凶籤。雪之下看到這裡，將手抵住下顎，開始思考什麼。

「由比濱同學，借我一下那張籤好嗎？」

「嗯？是沒問題……」

雪之下接過由比濱的籤，跟自己的籤綁在一起。

「這樣平均下來，兩張籤都會變成小吉吧。」

「妳是怎麼算的……」

凶＋吉÷２＝小吉×２？會想到數學運算，的確是理組的特性，但想法本身倒是比較貼近文組。這就是最近流行的「文理組」嗎……

「這樣大家都有好籤了！」

由比濱高興地說道，雪之下也滿意地泛起笑容。

「是啊……所以，我們平手。」

「這才是妳的真正目的嗎！」

「那是寬鬆教育下錯誤的解決方法吧……」

其他類似的例子包括班級表演時所有人都演桃太郎，或是運動會上大家手牽著手一起跑過終點。

「開玩笑的。」

雪之下又笑了一下。

小町將大吉籤收進錢包，抬起頭問：

「已經參拜過，也求完籤了，接下來要做什麼？」

「去逛攤位！」

稍早前往神社時，由比濱便對攤位展現濃厚的興趣。雪之下點點頭，同意她的提議。

反正是在回程的路上，我也沒有什麼意見。不過，事實恐怕是我根本沒有發言的權利。三個女生早已拋下我，大步走了出去。

我們順著來時路，回到攤商聚集的一角。這裡有什錦燒、章魚燒等常見品項，也有在冬天裡讓人暖身的甜酒攤位。

在食物攤位之中，也穿插了一些射獎品的攤位。原來他們不只是夏日祭典的常客，冬天同樣會出現。這時，雪之下發出低喃。

「明明是新年，為什麼會有這種攤位……」

她滿臉不可思議，盯著攤位猛瞧。

「說奇怪是滿奇怪的沒錯。不過，很多小孩會跟著來新年參拜，對他們來說，的確是大賺一筆的時候。」

「太稀奇了……竟然會在這種地方……」

然而，雪之下沒聽進我的話，盯著攤位獎品的眼神更加銳利。這時我才注意到，架上似乎出現貓熊強尼的蹤影。原來如此，我終於懂了……

「……要玩嗎？」

「不用，我沒有這個打算。」

儘管她表面上否認，卻藏不住躍躍欲試的樣子。我敢說她絕對很想要……

雪之下繼續自顧自地嘀咕，視線牢牢地黏在貓熊強尼身上。看樣子，在她得到那件獎品之前，我們都別想繼續往下走。那麼，現在該怎麼辦？雖然對自己的技術不太有把握，要不要試試看……

「啊。」

正當我開始考慮荷包深度時，由比濱稍微發出聲音，拉拉我的袖子。

「什麼事？」

「嗯。」

接著，她招招手，示意我把身體蹲低。我聽從指示，稍微低下頭，她便把臉湊到耳邊，如同要說悄悄話。

我相當清楚我們現在貼得非常近。事到如今，早已沒有什麼好驚訝，我也不至於特地放在心上。

不過，她今天使用不同於平常的柑橘香水，香味逗弄著我的鼻腔。再加上眼前就是被寒風吹成的桃紅色臉頰，讓我有點不知該往哪邊看。

我稍微吐一口氣，用眼神催促由比濱開口。她也輕輕呼出一口氣，在我的耳邊小聲說道：

「小雪乃的生日禮物，要怎麼辦？」

「啊，對喔……」

經她提醒，我才想起。

雪之下的生日即將來臨。前些日子的聖誕節上，我們說好要一起去買禮物。

我要先說明，我絲毫沒有忘記這個約定。倒不如說，我這幾天一直在思考，該怎麼做才好。我從5W1H開始不斷思考——要挑哪一天去什麼地方買禮物？跟誰一起去？怎麼買？又要買什麼？還有，自己該如何開啟這個話題？主動向人提出邀約，實在是一件難事，決定日期也是一大難題。由自己決定的時間，對方不一定方便；讓對方提出有空的時間，又可能令人覺得自己把決定權通通塞過來，不將邀約當一回事。搞什麼，這樣豈不是一輩子都得不出結論？

好在，這次是由對方主動提起。要是一直拖延下去，自己搞不好又會開始胡思亂想，最後終於再也沒有動力，而說出「八幡要回家了啦（註8）」之類的話。因此，我決定速戰速決。

「……明天，有沒有空？」

「咦？是、是有空。」

由比濱有點反應不過來，搔了搔頭上的丸子。

註8　出自LoveLive角色絢瀨繪里之臺詞。

「嗯。那麼，就明天……」

「好……」

她這麼回應後，不再發出聲音，我也跟著閉上嘴巴。這時，小町過來拉拉我的袖子。

「哥哥，雪乃姐姐站在那裡動也不動……」

由比濱見到小町，突然抬起頭，對她開口。

「啊，小町要不要一起來？」

「咦？什麼事？」

「明天啊，我們打算去買小雪乃的生日禮物——」

「啊，聽起來很棒呢！」

小町僅開心一瞬間，隨即想到什麼，堆起不太自然的笑容說：

「……可是啊，小町還得準備考試。」

「啊，的確……嗯～～」

由比濱不久前才將自己的大吉籤送給小町，她想起即將登場的升學考試，也不禁發出為難的低吟。

猶豫了一陣子，她猛然抬起頭，拉起小町的手。

「不、不過，轉換一下心情也不錯啊！小雪乃知道妳也有送禮物的話，一定會很開心！而、而且，我也想聽聽妳的建議……」

「咦……這、這樣啊……嗯……」

小町對由比濱的舉動感到訝異，偷偷往我這裡瞥一眼。

「難得的機會，去一下又何妨？」

她聽到我的回答，把頭歪向一邊，小聲嘟噥：

「嗯——怎麼又退步了……夏天那次不就是兩個人去的……」

唉，總之，其中的原因很複雜。該怎麼說呢……大概是我還拿捏不好彼此間的距離吧。

「好吧，既然哥哥都這麼說——」

小町的語氣仍然帶著猶豫。不過，由比濱還是開心地點頭，拿出手機。

「那麼說定囉！晚一點再用簡訊聯絡！」

這時，她的手機正好發出震動。

「啊，抱歉。」

由比濱走到幾步之外的地方接電話。從她的樣子看來，大概是熟人來電。至於對方究竟是誰，則不是應該過問的事情。我不會自以為了不起到膽敢這麼做。

我們不能拋下由比濱一個人，所以在她講完電話前，只能留在原地等候。不過，即使由比濱沒在講電話，只要雪之下不離開射獎品的攤位，我們照樣得留在原處。

我轉向那個攤位，正好看見雪之下失望地走回來。

「怎麼，妳看夠了？」

她露出悲傷的笑容，乾脆地開口：

「沒錯。那種東西，不要也罷……」

「啥？」

我趕緊檢查那個攤位，欲瞭解當中發生什麼轉折。仔細一看，才發現雪之下看了半天的玩偶根本不是貓熊強尼，而叫做「狗熊強尼」……啊啊，沒錯。逛一趟祭典廟會，難免會遇到這類仿冒品，例如彩色筆小新或快感超人之類的。

小町看了，同樣浮現了然於心的神情。

「喔～原來是仿冒品。」

雪之下聽了，一隻手輕撫下顎，疑惑地問：

「仿冒品（註9）？好像聽過這個名字……是不是叫比、比企……」

「等一下，妳該不會在說我吧？還有，名字也就算了，為什麼妳連姓都記不起來？」

她故作訝異，撥開肩上的頭髮。

「真失禮。我可是記得很清楚喔。」

「失禮的人明明是妳……」

「不說這個了，由比濱同學呢？」

註9　原文為「パチモン」，發音與八幡相似。

我的名字就這樣算了嗎……
「在那邊講電話。」
我用下巴示意方向。由比濱把手機貼在耳朵上，東張西望個不停。
「嗯嗯，對，剛下石階的地方。已經在這裡了。」
「啊，看到了。」
三浦優美子同樣一手拿著手機，往這裡走過來。她的頸部披著奢華感十足的毛皮，迷你裙下的修長雙腿直接露在外面，即使處在擁擠的人群中，也很難不注意到她。
跟在三浦身後的，是海老名姬菜。
「結衣新年快樂！你們也新年快樂！」
海老名跟三浦不一樣，她願意跟我們打招呼。真是一個好人～
「新年快樂。」
「哇～新年快樂——好久不見！」
「我們暑假之後，便沒見過面了呢～」
她向小町等人問候寒暄，我也簡單點頭致意，看著那群人談天。
「原來是三浦……」我終於明白，剛才是誰打電話來。
由比濱聽到我的低喃，對我輕輕點一下頭。
她們的後方還有兩、三張熟悉的面孔。

得意忘形的金髮戶部、優柔寡斷的遲鈍大和、見風轉舵的處男大岡——新・三匹斬。我現在終於發現，戶部的頭髮比較接近棕色，而不是金色。由於實在太無關緊要，我才一直沒有注意過。

他們跟我們保持距離，站在稍遠處大聲說話。

三個人的手上各有一個紙杯，裡面大概是甜酒。戶部仰頭乾了甜酒，發出「呼——」的聲音。

「今年的第一杯酒，有fu有fu～你們也快喝嘛。」

「嗯啊。」

大岡跟著附和，舉起紙杯一飲而盡，然後滿足地喘一口氣。嗯，明明只是甜酒。

「哇～我一定喝太多了～現在身體超暖的。喂，不覺得今天超冷的嗎？這種天氣跑馬拉松應該會掛掉吧～」

「嗯啊。」

「真的。」

我不禁想舉起葡萄酒，對他說「True story」……

繼大和跟大岡之後，我同樣在心裡用力點頭。今年由於星期的關係，往年固定在二月舉行的馬拉松大賽提前至一月底。接下來的日子還會越來越寒冷，所以到時候，我們必須在酷寒的海邊跑步。

開春第一天，心情便沉到谷底……我用充滿怨恨的眼神，看向戶部、大和、大岡那三個大白痴。

接著，我注意到不太尋常的現象。

三個大白痴加上三浦跟海老名，他們的集團成員基本上都到齊了。

唯獨應當位於中心的角色沒有出現。

「少了一個人……」

由比濱聽到我的低語，往後靠一步過來。

「原本也有約隼人同學的樣子，只是他好像沒空。」

「很有可能。」

雪之下點頭說道。

這句話頗出人意料。

不只是我，由比濱、三浦、海老名通通看過去。

「咦？妳知道什麼消息嗎？」

雪之下那般理所當然的語氣，讓由比濱心生好奇。

「因為從以前開始，葉山同學家便是那個樣子。」

「是喔，這樣啊……」

由比濱理解似的點點頭。

想想也有道理。雪之下跟葉山算是舊識，用「青梅竹馬」形容可能更貼切，所以她瞭解葉山的家庭狀況，也沒有什麼好奇怪。

「喔……」

我表面上顯得興趣缺缺的樣子，心裡其實再次體認到，自己依舊對雪之下和葉山不甚熟悉的事實。不過，這也不代表我對由比濱就瞭解得特別深。

除了我跟由比濱，還有一個人有所反應。

「嗯……是嗎。」

三浦低聲拋下這幾個字，隨即從雪之下的身上別開視線。接著，她往外面退幾步，用手指撥弄起自己的卷髮，百般無趣地嘆一口氣。

「我肚子餓了。」

她不顧在場的其他人，逕自離去。

「啊，優美子！」

三浦聽見由比濱的聲音，停下腳步看回來。但她沒說什麼，很快地又別開視線。這時，海老名輕輕笑了一下，朝她走過去。

「那麼，我也跟妳去吃飯吧。」

戶部的耳朵很尖，一聽到海老名的動向，立刻決定加入她們。

「什麼什麼，要去吃飯嗎？加我一個吧。今年的第一頓午餐耶～」

對對對，就是有這種人。這天不管做什麼都要加個「今年第一次」，真是煩死了……

「嗯，我……」

由比濱看看三浦那邊，再看看我們這裡，遲遲做不了決定。

「妳不用過去嗎？」

「嗯……啊哈哈……你們有什麼打算？」她笑得很為難的樣子。

雪之下凝視著她，泛起微笑。

「我不太喜歡擁擠的地方，差不多要回去了。」

「咦？可是……」

由比濱的神情轉趨複雜，似乎感到很懊惱。雪之下察覺出這一點，輕輕搭上她的肩膀。

「我們很快會再見到面。」

「嗯……」

儘管無法充分接受，她還是小聲地回應。

再怎麼說，新年第一天便得看三浦跟雪之下對立，實在不可能放心得下。

由比濱想要拉近彼此的距離，是親近的體現。這一點無庸置疑。

然而，朋友的朋友不見得還是自己的朋友。此乃世間常理。所有人聚集在相同的場所，度過相同的時間，未必是最好的選擇。

雪之下的行動理念跟我相近，所以即使沒有明言，我還是感受到她在為由比濱著想。既然如此，現在自己應該怎麼做，答案當然非常明顯。

「那麼，我也該走啦。」

「咦？」

由比濱略帶驚訝地抬起頭。不過，只要想一下便不難理解。

「我們只是來參拜的。該帶小町回家催她用功了。」

「嗯……也是。」她這才點點頭。

一旁的小町見了，輕拉我的衣袖：

「哥哥，不需要管小町，趕快過去！」

我不太確定這是死亡旗還是存活旗，總之先無視再說。更何況，我從一開始便沒有加入對方圈子的選擇。

「開學後見。」

「所以，再見啦。」

我和雪之下道別後，小町只好跟著向他們鞠躬。

「……嗯，再見。」

由比濱在胸前輕輕揮手，目送我們離去。她很快便會追上三浦那群人吧。

她的交友關係不僅限於侍奉社。

我不清楚在她的心目中，有沒有「最好的朋友」，也不知道這應該由誰決定。不過我想，她肯定為這個難題煩惱過。

但願她不會為了顧慮這些而勞心傷神。

× × ×

我們順著原路回去，穿過大面鳥居，來到國道上。

冷風呼嘯過寬敞的道路，我跟小町不禁打起哆嗦，把大衣的領子拉緊。雪之下似乎不怎麼怕冷，她只是簡單調整一下圍巾。這時，小町拉了拉她的袖子。

「雪乃姐姐，回程要不要跟我們走一段路？」

「……好啊。」

雪之下短暫思考一會兒，微微露出笑容回答。反正我們都往同樣的方向走，沒有必要特地在此分開。

從這裡到車站連成一條商店街。許多攤販看準新年參拜的大量人潮，直接在屋簷下做起生意。整條街望過去，熱鬧的景象絕不亞於神社。

一路上，小町跟雪之下聊著考試跟寒假發生的事。

走上漫長的緩坡頂，來到車站剪票口時，小町突然停下腳步。

「啊！糟、糟了！小町竟然忘記買平安符！怎麼會這樣呢——連寫繪馬都忘得一乾二淨，只好趕快衝回去了！所以雪乃姐姐，小町先在這裡告辭！」

「啊。平安符的話，我也買一個吧。」

她聽到我這麼說，瞇著眼睛看過來。

「哥哥在說什麼啊？笨蛋！沒用的廢物！大木頭！八幡！快點跟雪乃姐姐回

去！」

「是、是……等一下，為什麼我的名字也變成罵人的話？」

還來不及抗議完，她便跑得老遠。嘖，那個傢伙說消失就消失，是要我怎麼辦？真是敗給她……不過，這也是一次很好的機會教育。一人做事一人當，小町做事小叮噹。天啊，好冷～

我轉向雪之下，看她接下來打算怎麼辦。只見她的肩膀不斷抖動，後來直接把臉別開。

「怎樣啦……」

雪之下吐一口氣，調整呼吸，開始念念有詞。

「笨蛋、大木頭、八幡……」

原來是久違地更新自己的罵人辭彙專用字典……我賞她一個死魚眼，她才清清喉嚨，恢復正常。

「沒什麼。只是在想，你們的感情真的很好。」

她的臉上浮現柔和的笑容。說完後，立刻轉向前方，走過剪票口。我跟在後面，走上月臺的樓梯。

跟來的時候相比，月臺上幾乎一樣擁擠。看樣子，我們遇上了回程的尖峰時段。好不容易擠進電車，座位也在轉眼間被掃空。別無他法之下，只能站著搭回去。好在目的地就在兩站之外，即使身體有些疲憊，也不到無法忍耐的程度。

電車發動時，整截車廂猛然晃動，我的腳步跟著踉蹌。我連忙踏穩腳步，抓緊吊環。

同一時間，我的大衣好像被什麼勾到。往下看去，原來是雪之下白皙嬌小的手握了上來。

於是，我增加手部跟腿部的力道，以免待會兒又站不穩。

一路上，耳邊滿是電車行進的震動聲、拍打窗戶的風聲，以及乘客鬧哄哄的聊天聲。不過，每當車廂左右晃動，右邊便會傳來清晰的微弱吐氣聲。

……畢竟空間這麼擁擠，電車又不斷搖晃，我是不太計較啦。

我跟雪之下貼得很近，但兩人並沒有特別交談什麼。無事可做之下，我的視線自然而然地飄向吊環和頭頂的廣告。

電車營運路線圖也夾雜在廣告間。看著看著，心中忽然浮出疑問。

「咦，妳搭這個方向沒錯嗎？」

雪之下把頭一偏，露出不解的表情。

「我家是在上行方向，所以這一邊應該沒錯……」

她撫著下顎，確認路線圖，一副不太有把握的樣子。好吧，誰教她沒有什麼方向感……

「不，我的意思是新年期間，不打算回家一趟嗎？」

「啊，原來是這個意思……今年我不回去。反正家裡也沒有什麼事，待著只是自

找麻煩。」

「這樣啊……」

我不清楚雪之下跟家裡究竟是什麼樣的情況，也不知道自己能追問到什麼程度，所以只是簡單地應聲。

雪之下大概看出我的顧忌，倏地泛起微笑。

「不是什麼大不了的事。只是新年期間，大家都很忙碌罷了。就算我回去，彼此也不會特別好受，不如直接避免不必要的接觸。」

她繼續說道：

「再說，我在跟不在，都沒什麼差別。」

語罷，雪之下看向窗外，眺望不斷倒退的景色。

「那不是很好？」

「咦？」

聽到我這麼說，她略感驚訝地將臉轉回來。

「在跟不在都沒差別，不是很輕鬆嗎？不會帶給任何人困擾。世界上可是有另一種人，光是存在便會使大家的心情變壞。」

「這是在自我介紹嗎？」

她調皮地輕笑一下。

「妳猜對了。所以從以前到現在，我都盡量不跟別人接觸。多虧這番用心良苦，大家才能相安無事。我真的覺得自己應該被好好地感謝一下。」

「用心良苦是不求回報的喔。」

原來是這樣。唧，記住了。用心良苦，不求回報。可是，不用心良苦的話，卻註定會得到報應。這未免也太不公平。

經過一段時間，電車終於抵達我要下車的站。再過一站，雪之下也要下車，轉搭公車。

「那麼，我先走了。」

「嗯。」

兩人點個頭，簡短道別後，我便步下電車。

「再見啦。」

正打算回頭提醒她路上小心時，電車門已經準備要關上。雪之下在車廂內低垂著臉，低聲對我說道：

「……今年，也多指教。」

2

還是老樣子，雪之下陽乃又來攪局

單軌電車行駛過冬季晴朗的天空。

身旁的小町望著遠去的電車，長長地嘆一口白色的氣，似乎很累的樣子。

「抱歉啦，又把妳拉出來。」

「是啊……」

她用力地「哼」一聲做為回應。這完全是家貓小雪會做的事。那傢伙聽到我叫牠，總是老大不高興地噴氣，簡直跟自己的主人越來越像……

「不過，小町也想先買好禮物就是。」

小町一開口，嘴巴又冒出白色煙霧。

「……而且，這搞不好是我們最後一次一起出門。」

「幹麼露出那種落寞的笑容，弄得好像我快掛了似的……」

我簡直被當成出來留下人生最後回憶的末期病患。要是拍成電影，肯定會讓觀眾哭得一把鼻涕一把眼淚。話說回來，即使哥哥身體健康、沒生什麼大病，要是被小町討厭的話，還是會活不下去……

「不是那個意思……下次小町可不會再陪哥哥出來囉！」

她稍微瞪我一眼，如此告誡。

其實我自己也很清楚……

我還明白，一定會有小町所說的「下次」。雖然不知算不算約定，至少我們的確已經說好。接下來的問題在於要挑什麼時候、什麼地方，用什麼樣的方式開口，以及說些什麼。遇到這種情況，欠缺社交往來經驗的人便很吃虧。真不曉得大家出去玩時，都是怎麼約的？

這個問題暫且擱在一邊。

現在應該以今天的事情為優先。

昨天結束參拜行程，回到家後，由比濱傳簡訊來聯絡買生日禮物的事。

我們約在千葉車站的大型電子顯示幕前集合。那是最醒目的會合點，對方一出車站，即可看見我們，反之亦然。想到這裡，我呼出白霧的頻率開始增加。

總算等到由比濱走出剪票口。她發現我們，立刻用力揮手。

「嗨囉──」

「喔。」

「結衣姐姐，嗨囉！」

「抱歉，我遲到了！」

她匆匆忙忙地跑過來，靴子發出急促的聲響，羊毛大衣也不停翻飛，露出底下的及腰針織毛衣和窄牛仔褲。

「今天要去哪裡？」

「我在想，到處逛逛選選怎麼樣？」

由比濱大略比一下車站附近，往那個方向走去。

「好啊，那要從哪裡逛起？」

小町接在她的後面，我也跟上去。

千葉可以說是購物天堂，高中生逛街買東西，絕對不會漏掉PARCO。PARCO是千葉市年輕族群的好夥伴。既時髦又青春洋溢的少男少女，可以依照買衣服的地方分成PARCO跟 **LaLaport** 兩大教。千葉市內幾乎只容得下這兩個大頭分高下。PARCO教底下又有千葉PARCO和津田沼PARCO派別，進行著醜陋的骨肉相殘。

快點住手！大家都是自己人，為什麼不好好相處！雖然津田沼在習志野市！

走著走著，由比濱指向一個地方。

「啊，就從C・one（註10）開始吧！」

註10　位於千葉市內的購物中心。

C・one嗎？這個我知道。裡面有一蘭拉麵對吧。

說到一蘭拉麵，大家一定會想到將吧檯座位獨立區隔、讓顧客得以專注於食物的「味集中系統」。順帶一提，這項設計已經取得專利。由此可證，獨行俠想必也配備了「人生集中系統」。動作快！一定要搶到專利許可！

我想，C・one的「C」是出自千葉的羅馬拼音第一個字。換言之，就是「頭文字C」。從千葉當地英雄人物「Captain☆C」的命名方式，也能明顯看出這一點。再順便告訴你，千葉蝙蝠俠並不屬於當地英雄之列。可別搞錯啦！

進入C・one館內，便看到成排的店家，以及開春特賣的醒目文宣。這裡地處電車高架軌道下，形成狹長型結構。最近正好在舉行新春大清倉的促銷活動，所以顯得比往常熱鬧。

其中又屬女生買起東西特別聒噪。她們一路上聊化妝又聊流行，興奮得不得了。男生自然不可能加入話題，只能遠遠落在好幾步之外，徹底地被晾到一旁。

「小町，快看快看！這件超可愛的對不對！」

「哇，真的耶！上面的絨毛可以脫掉，要穿搭也很容易！」

「對吧！拿掉的話，春天也可以穿～」

兩個女生左拿一件衣服、右拿一件衣服，開心地討論著。雖然不是很重要，還是容我提醒妳們一下：今天是來買雪之下的生日禮物，不是給自己的禮物喔！

不過，看著她們挑選衣服的模樣，便覺得少女感十足。

由比濱套上有絨毛的連帽夾克，到試裝鏡前轉一圈。

身為男性的我實在不怎麼敢踏進店內，於是選擇站在遠處觀看。

這時，小町朝這裡走過來。她此刻的表情不同於平常，顯得格外安詳。

「和結衣姐姐逛街，好有安心感……」

「跟雪之下比的話，的確……」

前些日子，我、小町、雪之下一起去買由比濱的生日禮物時，發現她嚴重欠缺時下高中女生該有的樣子，著實吃了一驚。

「對啊，程度跟和哥哥出門差不多……不過，那樣的雪乃姐姐也很可愛！對吧？」

小町盯著我的臉，亟欲尋求我的同意。

「對啦，換做我就一點也不可愛。」

「哥哥，真的很彆嬌耶……」

要妳管。

再說，把雪之下跟我相提並論，可是相當失禮。

雪之下至少知道哪些東西適合自己，對流行時尚也不是毫不關心。那天卻為由比濱的生日禮物傷透腦筋，可能是出於她不懂得如何幫別人挑東西。

既死心眼、又笨拙——那樣的個性，的確像極了雪之下。

只不過，當她收到禮物時，那份笨拙會怎麼表現出來，也是一個問題。

「我也到附近看看。」

我暫時跟由比濱和小町分開，獨自去各處轉轉。有實際的物品做為參考，說不定能多少想到什麼點子。

雪之下的生日禮物……

到底送什麼才好……

雪之下啊雪之下，妳那笨拙的一面，實在很教人頭痛……在自己的興趣之外，她喜歡一些實用性高的物品。就算想配合雪之下的閱讀興趣，她要看什麼書都會自己去買；再加上是一個人在外居住，生活用品跟料理器具想必也很齊全，連胸前都隨時掛著洗衣板。

唉……到底該送什麼好……

我信步閒逛，經過一間得士尼商品專賣店。

貓熊強尼的商品怎麼樣？不過，她比我清楚好幾百倍，還是算了……

再繼續往下走，出現的是寵物用品店。

貓咪用品……可是，她又沒有養貓。既然那麼喜歡貓，為什麼不養一隻？該不會她住的大廈禁止養寵物吧？不然，貓的攝影集怎麼樣？省省吧，我看那個人家裡早已收藏一大堆。

旁邊的飾品店……恐怕也沒有什麼理想的禮物。

我一邊苦思，一邊環視周圍各式各樣的商店。最後實在沒有什麼發現，索性回到原本待的地方。

回來時，由比濱正捧著好幾件衣服東張西望。

「咦，小町呢？」

「不是跟妳在一起？」

「我以為她去找你了……」

她稍微彎下身體，打量我的反應。

啊啊，又是那個傢伙搞的鬼……

我很清楚在這種情況下，打電話聯絡小町也不會有用。雖然她今天光是願意出來，我便相當感激，所以沒有什麼好說的。

不過，妳還是好歹說一聲吧。人家我也需要心理準備好不好？別再玩放鴿子這一招了……

「唔……」由比濱想了一會兒，捧好手上的衣服，歪著頭看過來說道：

「這幾件衣服好難做決定，本來想請小町幫忙挑……你能幫忙嗎？」

「不介意我幫不上忙的話。」

「嗯！不對，我還是希望你幫上忙啦。」

「我盡量。」

於是，由比濱走向店內的試穿鏡，我跟在她的後面。

「毛衣跟背心可以直接套在外面，又能穿去學校——」

說著說著，她脫起大衣和底下的針織毛衣。

總覺得好像看到什麼不該看的畫面，我迅速把眼睛別開。旁邊不是有更衣室嗎……還是說，妳因為裡面還有穿衣服，才一點也不放在心上？妳不放在心上，我可是會放在心上，拜託趕快停手。

店裡放著音樂，衣服布料的摩擦聲卻出奇地明顯，由比濱的呼吸聲更是不想聽到也難。

「嘿咻……怎麼樣？」

聽到這句話，我才敢把頭轉回去。

她身上多出一件厚實的經編開襟背心。

「怎麼樣喔……嗯，還不錯啊。」

沒有特別好或不好。總之，穿在她的身上很適合。

真要說有什麼問題的話，在於這不是由比濱要穿的衣服，而是送給雪之下的禮物。如果讓雪之下來穿，某個部分恐怕會變得很寬鬆……至於是哪個部分，我當然不會說出來。

「不過，妳不用考慮雪之下的 size 嗎？」

挑選衣服時，首先要注意的就是尺寸合適與否。千萬不要忽視服裝輪廓的重要性——好啦，這句話其實是從小町那裡現學現賣。

順帶一提，我今天的服裝同樣經過她的檢查，確定穿得夠像樣才終於放行。原本我自己選的衣服，可是被批評得一無是處，只差沒把「我要把它踩爛（註11）！」這句話說出口。等等，這不是Peeko說的話？還是阿杉？隨便啦，一點也不重要。

「size……」

由比濱複誦一次聽到的字，捏一把自己的肚子。

「好像，大了點……」

她的臉色沉了下來。接著，她原本捏著肚子的手移動到上臂，表情更加絕望。

「啊，不是。我是說……不用擔心，剛剛好……」

放心！一點也不大！啊，是滿大的沒錯……總之，真的不大啦！不過也不小喔！

儘管不是要安慰她，我還是結結巴巴地辯解。然而，這般行徑只讓由比濱感到可疑，投過來「你在想什麼」的視線。啊～～受不了！這種時候到底該怎麼說才對啦！

「總之，滿適合的，我覺得不錯啊。」

最後，我終於勉強擠出這句話。

「……嘿嘿，謝謝。」

由比濱終於露出笑容，脫下開襟背心，迅速摺疊好。我不可能就這麼盯著她看，在尷尬之下，索性把臉轉到一旁。這時，我又想到一個問題。

註11　時尚評論家杉浦克昭常用的臺詞。杉浦克昭（Peeko）與電影評論家杉浦孝昭（阿杉）為雙胞胎兄弟。

「不過，雪之下很遵守校規，她在學校不會穿這種衣服吧。」

雖然校規幾乎淪為參考用，它好歹還是存在。而校規這種東西，當然也會規定學生應該如何穿著。以毛衣和開襟背心來說，便只能穿著學校規定的款式。在我們的學校裡，乖乖遵守校規的學生並不多，所以不是什麼大問題，但還是存在像雪之下那樣確實依照校規行事的人。

「對喔，差點忘了。這樣的話……」

由比濱將開襟背心夾在腋下，思考了一陣子，然後走向放著圍巾、手套等小東西的架子。

她物色到一半，突然發出「啊」的一聲。

「好可愛！用這個跟酥餅玩，一定很有趣！」

她看中一對貓掌造型，以及小狗造型的連指手套，貓手套看上去就是一對貓掌；至於狗手套，手臂部分是狗的臉，上面還有一對耳朵，拇指部分是下顎。由比濱套上那對手套，試玩起來。

「不太好拿東西耶……」

「連指手套就是這樣。」

「嗯……」

她似乎想到什麼，忽然抬起頭，大大張開握起的手掌。

「嘿，我咬！」

接著，那隻小狗咬住我的手。

「……開、開玩笑的……」

下一秒，她的臉頰越漲越紅。既然知道不好意思，一開始便請不要這麼做好嗎？連我自己也不太好意思……我輕輕甩開她的手，稍微搧幾下風。嗯，一定是這家店的暖氣開太強，才熱得要命。

「雖然不是很重要，雪之下不會帶這種手套出門吧？」

「……的確。」

由比濱點點頭，同意我說的話。根據我的印象，雪之下從未在平時的裝扮上，搭配這類很明顯走可愛風的東西。即使她收下，恐怕也不會拿出來用——等等，有機會喔。既然是由比濱送的手套，她搞不好真的會拿出來用。而且冷靜的表情只是外表，內心其實開心得不得了。

「看來得找找別的……」

由比濱換把玩貓掌手套，努力動著腦筋，繼續物色其他商品。

「啊，這個好像也不錯。」

她從架子上拿出一雙類似貓腳的襪子。

「是襪子嗎？好像很難穿進鞋子。」

「這是室內襪啦！當然不可能穿到外面去！」

若是按照妳的說法，先前看中的手套也不可能在外面使用……不過，經由比濱那麼說，我才注意到襪子底裝了粉紅色的橡膠肉球，似乎有防滑效果。

「反正這種襪子只會在家裡穿，所以不用擔心別人的視線……如何？」

「嗯，她會很高興吧。」

真要說的話，只要是由比濱送的禮物，雪之下想必都會很高興。跟禮物本身比起來，送的人是誰這點更重要。相同的道理，我們往往不會注意誰說了什麼話，而是某句話由誰所說。

「好，就選這個。」

由比濱將手上捧的東西通通帶去結帳。其中還出現先前的開襟背心和兩雙手套。貓掌手套也要送她嗎……

話說回來，既然有貓掌跟貓腳……

這裡有沒有順便賣貓的尾巴？

× × ×

接下來，該輪到我好好挑一下禮物。剛才那間店沒有賣貓尾巴，真是太可惜了。

如此這般，我們來到位於千番地的SOGO千葉店。從座落的地址看來，這棟百貨好像對流行很敏銳。啊，那是sensitive才對（註12）。

註12 該處位於新町一〇〇〇番地，而得名「センシティ」，發音類似英文sensitive。

平常來到這裡，我都是去男士服裝賣場。不過，今天的目的是買雪之下的生日禮物，所以要改去女性樓層。

我不了解女生喜歡的東西，於是讓由比濱在前面帶路。

由比濱相中一間在衣服之外，兼售其他零碎小東西的商店。

「其實你可以直接到處看看，像是手套、飾品、圍巾，還有生活用品之類的……」

在她這麼建議下，我也開始在店內到處挑選。

還好有由比濱陪在一旁，提供各式各樣的建議，目前尚未出現任何店員報警，以及警衛特地前來關切的情事。要是我隻身闖進來，店員肯定主動上前詢問「請問要找些什麼」，然後緊緊地跟在我的屁股後面，收銀臺後方的人也會用充滿警戒的視線看過來。這些都是之前隨意晃進來時遇到的事。男生的確很少獨自逛百貨公司，這點我可以理解。但還是希望各位不要那麼提防我……

我在展示架之間移動，不時注意著店員的視線。忽然間，由比濱在一個架子前駐足。該展示架的POP廣告上，大大寫著「Eyewear」。

搞什麼？眼鏡就眼鏡，幹麼特地寫成英文？動不動便要來幾句洋話，少在那邊自以為好不好？**hanger** 為什麼不直接寫衣架？肉醬硬要說成 **bolognese** 是很酷炫嗎？還有義大利麵，現在用 **spaghetti** 早已不夠看，改成 **pasta** 才叫潮。我實在不知道還能說什麼……真心祝福，你的廣告很浪漫 :)

在心裡發牢騷到一半，由比濱拍了拍我的肩膀。

我轉過頭，發現她的臉上多出一副眼鏡，還得意洋洋地推個幾下。

「呵呵，我看起來有沒有變聰明？」

「當妳有『戴眼鏡等於很聰明』的想法時，腦袋便已經沒救了。」

「閉嘴啦，笨蛋！」

她立刻顯得不悅，但還是一副接一副地拿起其他眼鏡，研究款式造型。後來，我也拿起一副眼鏡瞧瞧。

真想不到，眼鏡也有這麼多花樣。

而且在造型之外，功能同樣五花八門，例如防止花粉飛進眼睛、過濾藍光等等。隨著眼鏡逐漸普及，目的不再只是矯正視力，價格也越來越親民。

由比濱拿起一副眼鏡遞過來。

「來，你也戴戴看。」

「咦……」

要是真的戴上去，百分之百會被取笑……她見我猶豫不定，直接把眼鏡推過來。

「好啦，快點！」

我做好覺悟，鼓起勇氣……PER～～SONA！（註13）補充一下，我喜歡第三代勝於第四代，所以召喚的時候，比較想要拿手槍抵住太陽穴！

註13 指遊戲《女神異聞錄》系列，眼鏡為四代重要元素。

「大概像這樣吧。」

戴上眼鏡後，我用食指推推鏡框。由比濱看了，立刻「噗哧」地笑出來。

「超不搭的！」

「吵死了……」

所以才不想戴啊……我無奈地摘下眼鏡，由比濱馬上拿另一副不同款式的過來。

「這次……換這個。」

「才不要。」

「有什麼關係。來！」

她硬是幫我掛上眼鏡。嘖，很煩耶……我只好把半掛在耳朵上的眼鏡戴好，順便對她念個幾句。

正打算開口時，卻見她張開嘴巴，呆呆地凝視著我。

「……」

「不說話是什麼意思……」

明明是妳要我戴的，現在又一點反應都沒有。好歹說些什麼吧——我用眼神如此暗示，她才連忙揮手說：

「啊！沒、沒什麼……總覺得，跟你意外地合。」

「……謝謝啊。」

聽到由比濱讚美，反而換我不知該做何反應。

不過……意外地合，是吧——

世界上有許多事情，我們以為自己瞭解，實際上卻根本不瞭解。例如平常不戴眼鏡的由比濱，戴上眼鏡也出乎意料地搭配。

忘記是什麼時候，雪之下後悔地說過，自己對由比濱一點也不瞭解。

其實我也一樣。

過去的我從來沒有試著去瞭解。

不只是對雪之下，對由比濱恐怕也如此。

不過，在此時此刻，儘管只有一點點，儘管距離「理解」仍很遙遠，也絕對稱不上理想的形態，我們確實累積了一段三人共有的時間。區區半年的光陰，根本沒有什麼了不起。但是，跟當時比起來，自己對她們的確有了些許瞭解。

我所認識的雪之下雪乃——

我所認識的雪之下雪乃，總是拗不過由比濱的哀求，最喜歡貓，放假時喜歡抱著貓熊強尼的墊子，在網路上尋找貓的影片。

想不到自己對她也有幾分理解。

既然由比濱要送她貓腳造型的室內襪，我也挑個足以匹配的東西吧。

希望她一個人度過的時光充滿溫暖，心靈也能得到安適。

×　×　×

好不容易買完禮物，我們決定去咖啡廳坐坐，讓疲憊的雙腿休息。離開百貨公司的話，還有星巴克可以選擇，只是現在外面冷得要命，再加上我還搞不太懂他們的點餐方式，所以今天沒有這個興致。

於是，我們來到光顧過好幾次、已經相當熟悉的地方。

「這裡可以嗎？」

「嗯。」

確認由比濱的意願後，我們走進百貨公司內的咖啡廳。這裡位於內部深處，所以氣氛較為寧靜，沒有外面的熙熙攘攘。

「兩位。」

店員引領我們到窗邊的四人座位。從窗戶望下去，整座千葉車站盡收眼底。我讓由比濱坐進靠窗側，自己坐在另一邊，好欣賞她背後的千葉車站。

這裡看得到行駛中的單軌電車，讓人產生千葉發展得超先進的錯覺。這裡簡直是未來都市。

追著單軌電車看到一半，忽地跟斜對面座位的人對上視線。

「喔？是比企谷。」

對方同樣坐在靠窗側的沙發上。

她——雪之下陽乃——身穿以白色為底的荷葉邊襯衫，胸前掛著金色鎖環串成的項鍊。即使窗外的光明將她照得燦爛，帶著愉快笑意的雙眼卻比黃昏的天空黑暗。她如同包覆起全身不搭調的印象般，披好鮮紅色的披肩，開口叫我的名字。

由比濱聽到聲音，稍微看過去一眼，隨即露出訝異的表情。

「陽乃姐姐……還有——」

她將視線移向前方。出現在那裡的，是穿著不黑不白的灰色針織衫、外面搭上黑色夾克的男子，葉山隼人。葉山略呈淡金色的棕色頭髮下，同樣是一副略顯驚訝的眼神。不過，他還是很快地換上笑容。

「隼人同學？」

「……嗨。」

葉山簡單舉手問候，袖口下散發銀色光芒的手錶露了出來。

我也輕輕點頭回應。除此之外，兩人不再有任何互動，唯有店內播放的爵士樂依稀傳入耳朵。途中，某人挪動椅子的聲音夾雜進來。

「好像很久沒見到比濱妹妹了呢～」

陽乃極其自然地坐來我們的餐桌。葉山輕嘆一口氣，拿起帳單，跟著坐到我的隔壁。

「約會對不對？抓到了喔～～你們啊，還是一樣要好～雪乃沒有一起來嗎？」

陽乃用手肘輕戳幾下由比濱，又看向店門口。

「啊，今天我們是來買小雪乃的禮物……」
「喔──對對，她的生日快到了……這樣啊，原來。」
她聽完由比濱的話，點頭表示理解，接著迅速拿出手機，撥打電話。
葉山見到她的舉動，委婉地說：
「……她不會出來吧？」
「不，今天的話應該會。」
陽乃的嘴角浮現信心滿滿的笑容。
靜謐的咖啡廳內，微微聽得到電話接通前的響鈴。
『喂……』
「啊，雪乃，是我是我！妳現在能出來嗎？」
『再見。』
好快！直接秒掛電話！由比濱和葉山不約而同地苦笑起來。不過，陽乃大概早已習慣雪之下的反應，沒有半點動搖，繼續調皮地說道：
「咦～妳確定要掛電話？」
『……有什麼事？』
聽到這裡，她的嘴角立刻上揚。
「其實啊，比企谷就在我的旁邊喔～」
『又在開無聊的玩笑……妳也該──』

「來，比企谷。」

她一說完，立刻把手機塞給我。

「啊，喂！」

我看看手機，再看向陽乃，她早已把手藏到背後，一副事不關己的模樣。看來現在是不可能要她把手機拿回去，但聽筒裡又不斷傳來雪之下叫姐姐的聲音。沒辦法，只好先接起來……

「呃……喂？」

我一時想不出該說什麼，索性先發個聲音。雪之下聽到了，一定突然忘了呼吸。

經過短暫的沉默，我聽見她嘆一口氣。

『唉，受不了……為什麼你也在？』

連我自己也很想知道。今天只不過是出來買個東西……為什麼我會在這裡！為什麼我會在這裡！唔～哇！哈！哈！哈！哈！是妖怪的錯對吧？對吧（註14）？我沒有錯，錯的是妖怪！

「偶爾出門一下，就被妳姐姐逮到……」

我瞪一眼逮到自己的妖怪，還想繼續補充時，被雪之下嘆的第二口氣打斷。

『好了，夠了，我馬上過去。叫姐姐聽電話。』

「是……不好意思。」

註14　出自動畫《妖怪手錶》片尾曲「妖怪體操第一」之歌詞。

為什麼我要道歉？

我用溼紙巾把手機螢幕擦乾淨，還給陽乃。陽乃對雪之下簡單交代完地點，隨即結束通話。

「雪乃說她會來。」

她一臉滿意地微笑。由比濱不太好意思地開口詢問：

「請問，為什麼要把小雪乃找出來？她好像不是很願意……」

「嗯？喔——今天晚一點本來有家庭聚餐，她卻不肯參加。不過啊，只要跟她說你們也在，便不得不出來了。對吧？」

「所以我們是人質喔……」

「雖然人質的說法不太好聽，為了代替自己被囚禁的朋友，急急忙忙地趕來現場，不是很美妙的故事嗎？」

「那樣的話，邪智暴虐的君王會變成誰呢——」

「哎呀～文藝青年呢～」

陽乃愉快地對我揶揄。

一旁的由比濱聽了，滿頭都是問號。葉山輕笑一下，為她解惑。

「《跑吧！美樂斯（註15）》的劇情。」

「啊，喔～～對對對，就是那個嘛～知道知道，我有聽過。他跑超快的～」

註15 太宰治所著之短篇小說。

妳真的知道嗎……就是「美樂斯開始跑了……美樂斯跟塞裡努丟斯……永遠都是好碰友……！（註16）」的那個啦。

我用懷疑的眼神看著由比濱，她趕緊轉換話題，蒙混過去。

「對了，全家人聚餐聽起來很棒呢！大家一起──咦？」

說到一半，她的視線移到葉山身上。葉山看出她在想什麼，主動開口回答：

「我們兩家人是舊識……今天出去拜年時，他們提議要不要一起吃飯，所以我也被迫跟來了。」

「是喔……」

由比濱理解似的點點頭，陽乃撫著紅茶杯緣，輕輕嘆一口氣。

「元旦整天忙著應付親戚，四號就要開工，前一天一定忙得不得了，所以只有今天有空跟熟人見面。」

看來這是雪之下家每年的例行公事。待會兒要聚餐的話，應該代表雪之下的父母親也在附近……有點想看看他們的樣子。

我假裝伸展一下筋骨，趁機窺看四周。然而，陽乃完全看穿我的意圖，笑著告訴我：

「家人正在其他地方拜年，我們先在這裡等候。」

註16　原文為「メロスゎ走った……メロスとセリヌンゎ……ズッ友だょ……！」出自推特上的知名系列文。

「喔，原來如此……」

經她這麼回答，我立刻懂了。大人有什麼事情時，小孩子總會被打發到一邊去。過去我的母親參加合作社時，也會跟其他家庭的母親聚會。這些母親的小孩便被趕在一起，放任他們自己去玩。可是啊，媽媽，大人之間相處得好，未必代表他們的小孩也能好好相處喔……我都覺得自己快要窒息了。

「咦～～」由比濱聽到這裡，發出一聲低呼。

「到處拜訪別人，感覺很辛苦呢。」

「每年都要來一次，已經很習慣了。雖然我還是常常嫌麻煩……真想不到，這種習慣竟然留了下來——不對，應該說是傳統。」

雖然很難以言語表達，陽乃的這句話吐露出自己對此早已死心。

不論是雪之下，或沒在新年參拜上出現的葉山，都必須面對這類交際來往。那些顯赫的名門家庭，檯面下想必也有很多紛擾。雖然對我們庶民來說沒有什麼真實感，但那些就是真的會發生。這點著實教人無奈。話說回來，親戚之間關係緊密的家庭也不在少數。說不定很多家庭都擁有獨特的社群，只是我自己不知道。

即使是一般的庶民，都會被不同的煩惱長期糾纏。隨著身分地位提高，面臨的困擾自然更加複雜。

陽乃用力拍一下桌子，坐直身體，如同要揮別先前的嘆息。

「不說這些了。你們買了什麼禮物？」

她挨近身旁的由比濱，由比濱顯得有些不知所措，縮著身體拿出自己的購物袋。

「嗯……我買的是室內襪……」

「喔～這一陣子地板的確很冰。」

「沒錯沒錯！之前去小雪乃家的時候，就在想她的客廳地板好像有點冰。」

「對對。我同樣很怕冷，很能體會～」

對面的兩個人聊起女性話題，我跟葉山這兩個男生插不上話，只是默默地聽著。

後來，葉山大概閒得發慌，獨自低喃起來。

「生日禮物嗎……」

然後，他看過來一眼。

「你買什麼？」

「一點小東西。」

「是嗎？」

他沒有追問下去，很快地把視線別開。

接下來的時間，葉山依舊不發一語，聽著陽乃和雪之下聊天，不時點頭附和。

他拿著飲料杯的手上，秒針在錶面緩緩走動著。

我愣愣地望著那根秒針。

規律的節奏、沒有一絲差池，忠實地遵循預先設定好的速度。繞了一圈又一圈，不斷回到相同的地方，樣貌也未曾出現過丁點變化。然而，這不代表真的沒有改變。即使秒針不會變化，周圍顯示的時間也片刻不停地變換著。

這時，陽乃看著禮物的包裝，倏地開口：

「我偶爾也送她個禮物好了。」

說完，她看向葉山。

「隼人，怎麼樣？」

「……嗯。」

葉山聳一下肩膀，隨即望向窗外。他眼中所見的，恐怕不是路上的街燈。

我也看著映在玻璃窗上的葉山，不經意地開始好奇，葉山曾經送過雪之下什麼樣的禮物。

× × ×

這段時間真是折磨人。

距離陽乃打電話給雪之下，大約過了三十分鐘。看來從她住的大廈到這裡，還需要一些時間。況且，人家都已經在路上，現在我也不可能自己先走人。

放著慢慢啜飲的咖啡早已見底，原本飄著白色蒸氣的紅茶壺也涼了下來。

不只是我，由比濱也頻頻東張西望，一副坐立不安的模樣。她忽然看見什麼，不自覺地發出聲音。我跟著看過去，正好見到雪之下快步走進來。

「小雪乃——這邊這邊！」

由比濱朝雪之下揮手，對方也注意到，立刻轉向我們的座位。

「由比濱同學……妳也來了嗎？」

先前講電話時並未告知由比濱也在，所以雪之下見到她也在場，顯得有些不可思議。

「對啊。嗯……我跟自閉男出來買東西，剛好遇到他們……」

「買東西……是、是嗎……」

由比濱不想直接說出是買她的生日禮物，掩蓋了部分事實。雪之下聞言，訝異地來回看著我們兩人。

「總之，先坐下再談吧。」

由比濱稍微起身，騰出一些空位。雪之下想當然耳地坐到看不見陽乃的位置，然後低頭向由比濱道歉。

「不好意思，姐姐帶給妳這麼多困擾。」

「哪裡哪裡，一點也不會。」

她見由比濱搖搖手，爽快地表示不在意，才稍微放下心，接著把臉轉向我這裡，抬起眼睛看過來。

「比企谷同學，我也向你——」

「沒什麼，反正我閒得很。」

老實說，原本買完東西後，我跟由比濱便沒什麼特別的計畫。現在得以免於兩人獨處，我還覺得比較輕鬆。話雖如此，變成現在這樣也完全沒有好到哪去。

一切的元凶泛起挑釁的笑意，帶著嘲弄的語氣開口：

「雪乃，妳好慢喔～」

「臨時把別人叫出來，還有辦法說這種話……」

雪之下側眼瞪過去，陽乃則維持一派自然的樣子。由比濱被夾在中間，只能尷尬地笑一下。大亂鬥！雪之下姐妹——拜託兩位別鬧了……

「別那麼說嘛。人家雪乃也是匆匆趕過來的樣子……」

這時，一陣熟悉的爽朗聲音進來緩和緊繃的氣氛。然而，他用了某個我未曾聽過的稱呼方式，我下意識地轉過頭去。葉山頓時發現自己說錯話，皺了一下臉，又馬上用微笑敷衍過去。

「……」

雪之下似乎也沒有料到。她不發一語地看向葉山，對方只是聳聳肩膀。

「雪之下同學，妳要喝什麼？」

「……紅茶。」

葉山迅速幫忙點好飲料，紅茶也送上桌後，陽乃輕輕呼一口氣。

「大家好久沒有一起喝茶了呢～」

「是啊。」

「……」

葉山點頭同意，雪之下則端著茶杯，閉起眼睛不說什麼。由比濱見現場沉默下來，開始尋找延續話題的方式。

「嗯……隼人同學跟兩位，好像很久以前就認識呢。」

「沒錯。隼人是家中獨子，所以他的父母對我們也疼愛有加。對吧，雪乃？」

「我不這麼認為。」

「怎麼會呢？不只是我的父母，大家對妳們都相當疼愛。」葉山面露微笑說道。

不管陽乃跟他怎麼說，雪之下都不改變態度。陽乃也不以為意，逕自看向遠方。

「真懷念……小時候啊，每次家人有什麼事情要忙，都是由我照顧你們兩個。」

聽到這句話，雪之下皺起眉頭。

「妳只是拉著我們到處跑吧？那簡直是惡夢。」

她「喀」地將茶杯置於茶碟，用冰冷的視線看向陽乃，並且輕聲說道。葉山這時也開口：

「啊——動物公園那次對吧……遊樂場那裡的確是惡夢……」

「去臨海公園時也一樣。又是放人鴿子，又是把摩天輪車廂晃來晃去……」

他們想起不堪回首的往事，表情都陰沉下來，唯有陽乃一人愉快地點頭。

「喔～對對對。而且雪乃幾乎每次都哭出來。」

「姐姐……不要憑空捏造記憶。」

「我才沒有捏造～隼人，是不是啊？」

「啊哈哈……這個嘛……」

葉山微笑著應聲，雪之下默默地低下頭。

看著他們懷念地聊起往事，我忽然有種感覺。

那是他們共同累積起，僅屬於他們的時間，我們外人絲毫沒有踏入的餘地。

連由比濱也插不進對話，更遑論是我。

我不明白他們過去的關係如何。即使明白，也沒有多大的幫助。

現在能夠做的，只有啜飲苦澀的咖啡，繼續聽她們的往事，偶爾點個頭，然後任憑自己想像。

印象中，自己曾經被這麼問過——

如果我跟他們念同一所小學，會是什麼樣子？

當時我是怎麼回答的？

過去的事情思考到一半，耳邊傳來某人嘆氣，放下杯子的聲響。我看過去，發現陽乃托著臉頰，用不帶暖意的眼神，盯著葉山跟雪之下。

「當年你們明明那麼可愛……現在啊……都變得好無趣。」

她的脣瓣優美豔麗，使說出口的話更顯冷酷。在寒冰般的微笑下，她提到的兩個人皆說不出話。

雪之下握緊放在桌上的手掌，葉山咬緊牙根，別開視線。由比濱似乎不明白發生什麼事，瞥了我一眼。

經過一陣沉寂，陽乃又輕笑起來。

「還好啊，現在多了比企谷。我先疼愛你一下好了～」

「不了，那種運動型社團的『疼愛』方式我吃不消……」

「就是這樣才讓我更想疼愛呢～很好很好～姐姐很欣賞喔～」

她把手伸過來，想摸摸我的頭，我一個後仰閃過。

「哎呀，竟然逃掉了。」

陽乃現在笑咪咪的樣子，就像和藹可親的大姐姐。有美女大姐姐對著自己微笑，可是相當難得的經驗，這種感覺其實不差。我甚至覺得，哪怕只是虛假的笑容都無妨。如果是像一色伊呂波那樣，笑容的另一面是為了突顯自身的可愛，便沒有什麼稀奇。反正每個人都可能如此，所以一點也不可怕。

雪之下陽乃則不同。當她顯露潛藏於內心、某種難以名狀的東西時，可是相當恐怖。

不過，現在的她似乎不打算多說什麼，維持那副笑容轉向其他話題。

「說到運動，你們的馬拉松大賽快到了吧？」

「啊，對。這個月底。」

聽到由比濱的回答，她顯得有點意外。

「是喔。今年不在二月辦……」

「之前聽到顧問說，今年因為星期的關係，稍微提早了一點。」

葉山恢復柔和的笑容，沉著地應答，彷彿先前什麼事都沒發生。

啊啊，雪之下的頭頂果然多了幾片烏雲。沒辦法，這個人天生沒有體力，跑馬拉松一定很辛苦。

不管怎麼樣，餐桌上總算恢復開朗的氣氛。

這四個人愉快聊天的樣子，很容易吸引眾人的目光。儘管跟光鮮亮麗還有一段差距，但確實是很有魅力。這群人果然非常醒目……

從剛剛開始，我便不時覺得，外面的人好像在看這裡。

他們的聊天聲的確大了一些，但真正的因素，還是在於個個都是俊男美女。這群人走在街上，肯定會讓來往的行人忍不住多看幾眼。

多虧在場的這四個人，我的存在感變得更加稀薄。我只是影子……可是，光線越強，影子也會越深、使光線更加耀眼（註17）……

反正現在沒什麼事好做，乾脆讓自己徹底變成黑子。不過這種說法反而更讓我聯想到黑柳徹子（註18）。

我不加入他們的對話，而選擇當一個反覆把咖啡杯湊到嘴邊的機器。喝完最後一口咖啡，轉頭想找店員續杯時，我看見一名穿著和服的女性，往這個方向走來。

註17 出自《影子籃球員》黑子哲也之臺詞。

註18 日本知名作家，聯合國兒童基金會親善大使，長壽談話性節目「徹子的房間」主持人。

那名女性將烏黑的秀髮盤在後腦勺，全身散發沉穩的氣息，看上去比我的父母年輕。她的身材勻稱，走起路來相當婉約，幾乎不會發出聲響。最讓我在意的地方，是那副似曾相識的澄澈面容。

我的直覺告訴我，那長相很面熟。

對方毫不遲疑地走來我們的座位，開口：

「陽乃。」

她的聲音在店內顧客的交談和音樂中，也聽得格外清楚。此外，還有一種吸引聽者注意力的特質。我不禁聯想到某個人。

陽乃聽到自己的名字，將頭轉過去。

「啊，你們聊完了嗎？」

「是啊，所以過來找你們，去稍後的聚餐。隼人，讓你等了這麼久，真不好意思。」

「哪裡，請不用在意。大家都在這裡，所以一點也不無聊。」

葉山一派輕鬆地回答，並且看向我們。那名女性跟著看了過來。

「哎呀……」她似乎很意外雪之下也在場，開心地發出輕呼，接著泛起柔和的笑容。

「雪乃，妳也來啦。太好了……」

「母親……」

雪之下無奈地低喃，話音中帶著失落。

這麼說來，不論是姿態還是散發的氣息，這位女性都跟雪之下很相似。幾十年後，雪之下大概也會變成那個樣子。我之所以沒有一眼看出，在於她帶著不由分說的魄力。她確實具有一種威嚴，讓人不敢輕易上前搭話。想到這裡，我下意識地挺直背脊。

雪之下不再吭聲，抱住雙臂環繞身體，不自在地移開視線。

她的母親平靜地笑了笑，不知是如何看待女兒的反應。

坐在一旁的由比濱低聲驚呼：

「哇——好漂亮……」

雪之下之母對我們頷首示意後，看向陽乃。

「陽乃，是朋友嗎？」

「對，就是八幡跟比濱妹妹。」

陽乃不知是覺得還沒玩夠，或是懶得特地說明，只是非常簡單地介紹。

「啊，我是小雪乃的朋友，由比濱結衣。」

由比濱連忙鞠躬自我介紹，我也跟著低頭致意，但腦中又很猶豫要不要報上名字。向女生的家長自我介紹，總覺得有點緊張……在此同時，雪之下的母親聽了由比濱的話，似乎發現什麼。

「『小雪乃』……」

她輕撫下顎，瞇起眼睛，來回打量雪之下跟由比濱。

「哎呀，恕我失禮。原來是雪乃的朋友。感覺妳滿成熟的，才以為……」

「成熟……嘿嘿。」

由比濱一副開心的樣子，我卻覺得那句話不太尋常。

真要說的話，我認為由比濱的長相偏稚嫩。至少從她的行為舉止看來，實在沒什麼穩重的感覺。

不過，這大概只是無關緊要的小差錯，雪之下的母親把手貼上臉頰，高興地繼續對由比濱說話。

「這樣啊……雪乃在學校的同學，我只知道隼人一個……妳要跟她好好相處喔。」

「是！」

見由比濱精神飽滿地應聲，雪之下的母親對她輕輕行禮。雖然錯過報名字的時機，對方似乎也對我沒什麼興趣。再說，之後八成不會再見面，所以沒什麼關係吧——想到這裡，她把臉轉向雪乃和葉山。

「那麼，我們可以出發了。」

「好——」

陽乃第一個起身，葉山拿起帳單，跟著站起來，坐在我面前的雪之下卻動都不動。

她的母親見了，平靜地開口。

「雪乃，妳也會來吧？」

這句話乍聽之下是在提問，實際上則不然。簡短的幾個字中，隱藏著好幾種意涵。

「我……」

雪之下說得很保留，她又懇切地說道：

「這也是要為妳慶生。」

她的目光慈祥帶有暖意，聲音也溫柔得如同在安撫雪之下。但是在另一面，又含有容不得對方拒絕的強制力。

「……」

雪之下低著頭，緊咬嘴脣，往我這裡瞥一眼。現在看我也沒用啊……

陽乃也加入勸服的行列。

「雪乃，這樣不行喔。」

她帶著猙獰的笑容嚴詞說道，冰冷的瞳孔內搖曳著愉悅。雪之下的肩膀抖了一下。

接著，又是一段沉默。

陽乃持續盯著雪之下不放，葉山不安地看著她們兩人。由比濱瑟縮身體，一副坐立難安的樣子，我則看向窗外，藉以逃避這股尷尬，順便偷偷嘆一口氣。

這段期間，沒有人開口說話。現場的氣氛沉重到我快喘不過氣。

──不，不只是我如此。

由比濱和雪之下也一樣。

真要說的話，在場所有人說不定都是如此。

雪之下的母親按著太陽穴，似乎也很頭痛。忽然間，她的目光飄到我身上。

「對喔，希望你們也能參加……不知兩位覺得如何？」

她對我和由比濱露出微笑。

「不好意思，叨擾各位太久也不太好……」

我拋出這句話，旋即起身。既然是雙方家族間的聚餐，我們實在沒有跟過去的理由。

更何況，雪之下母親的真正用意那麼明顯，我怎麼可能看不出來？

「這樣啊……方便的話，我們很歡迎喔。」

不用說也知道，她實際上根本沒有慰留的打算。

「……那麼，我們先告辭。」

「再、再見。」

由比濱行禮道別，我也簡單點頭示意。準備離去之際，葉山低聲對我們說再見，陽乃也笑咪咪地揮手。

雪之下這時終於起身，看一眼自己的母親。對方稍微收起下顎，對她頷首。

她送我們到咖啡廳門口，低下頭說：

「……對不起，還煩勞到你們。」

由比濱見她那麼自責，連忙揮揮手。

「怎麼會呢！今天見到小雪乃的媽媽，我還覺得很值得喔！」

「是嗎？那就好……」

雪之下這才抬起頭，但臉上仍然很陰沉，由比濱的表情跟著黯淡下來。不過，她很快地想到什麼，開始將夾在腋下的袋子東弄弄、西弄弄。

「對了。來，這個給妳。雖然明天才是妳的生日。」

然後，由比濱把裝有禮物的袋子遞給雪之下。既然她已經把禮物送出去，我乾脆也趁現在一起送。

「生日快樂。」

「啊，謝謝……」

雪之下的腦袋一時轉不過來，只是愣愣地盯著手中的袋子。過了好一會兒，才勉強擠出幾個字。她緊緊摟住我們送的禮物，綻開笑容。

由比濱見到她的笑容，跟著笑了起來。

「開學後再好好慶祝一次吧！」

「那麼，再見。」

「嗯……再見。」

雪之下輕輕揮著半開的手。彼此道別後，我們朝電梯走去。

距離電梯來到目前的樓層，還需要一陣子。等待的期間，由比濱感慨地嘆一口氣。

「那個人就是小雪乃的媽媽呢……她們果然很像。」

「……是啊。」

雪之下和她的母親的確很相似。至少從外表、散發的氣氛等表面印象看來是如此。不過，在給人的感覺上，又比較像陽乃。陽乃曾經提過自己的母親。她當時說的話，我現在好像多少有些理解。

「可是……」

由比濱的嘴唇開了又闔，猶豫著該不該說出口。這時，電梯發出「叮——」的聲音，門往兩邊滑開。

我們走入電梯，按下一樓的按鈕。由比濱這才再度開口。只不過，她現在要說的，恐怕不再是剛才的話題。

「對了，原來隼人同學跟小雪乃真的從小就認識呢。雖然我聽說過，他們是認識很久沒錯。」

「什麼叫作『真的』……他們又沒有說謊。」

「是沒錯啦，但總覺得他們不太像。真的認識很久的話，為什麼還那麼少對話？」

「每個人的情況都不同吧。念同一所學校並不代表一定要說到話。」

「嗯──也對。」

「過去」是只有當事人才能進入的私密領域。「過去」不全然是美麗、溫暖的回憶，其中想必也有醜陋、冰冷的往事。

正因為存在著過去，雙方一旦斷絕往來，裂痕會更加擴大。共同累積的過去和獨自累積的過去，是完全不同的事物。即便兩者累積至相同的高度，也不可能形成相同的山峰，抵達相同的頂端。這之間的差異會使許多東西產生改變，包括立場、環境，甚至是稱呼方式。

電梯一路向下，途中沒有任何停留。

我們不再交談，密閉的空間內僅剩下低沉的驅動聲，腳下的地板隨著輕微的震動搖晃。

電梯繼續向下，悄然落入無盡深淵。

我突然有點害怕，不敢看電梯開門時，出現在眼前的會是什麼景象。

3 不知不覺間，一色伊呂波開始成為常客

隨著正月的頭三天結束，新年期間的兵荒馬亂也歸於沉寂。

在家清閒了好幾天的父母親，重新回到工作崗位，立刻恢復以往的忙碌；即將上考場應戰的小町，也正式開始全力衝刺。

多虧如此，家中剩下我跟小雪，整天無所事事地虛度時間。

然而，處在和緩的時間中，不代表我的內心同樣和緩。人越是沒有事做，越會覺得坐立不安。忙碌的時候，則會把全副精神投入眼前的工作，使得大腦無暇思考其他雜事；相反地，一旦清閒下來，腦袋會開始胡思亂想難以捉摸的未來，然後陷入憂鬱。唉……真不想去學校，也不想工作……

偏偏在短暫的寒假裡，大腦又特別容易被這種念頭支配。

什麼事都不用做、也沒有事可做的時間，容易帶來「這樣的日子終會結束」的

不安。我們都能切身明白，舒服的日子絕對不可能維持長久。

結束的一刻必定會到來，而且早已出現在視線範圍。因此，一個勁兒地浪費時間，會造成強大的精神負擔。啃了多年老本的尼特族，在不經意間察覺父母也在老去的事實時，想必正是這種感覺——我窩在暖被桌裡，輕拍小雪肚子上的毛，隨意想著這些事情。

不過，撐過精神上的強大負擔，才能成為真正的強者或無職者。所謂的無職者和輕小說作者，總是要等到火燒眉毛，才會說：「我要認真囉！」由此可知，無職者＝輕小說作家。ＱＥＤ，證明完畢——你喜歡少年偵探推理之絆也可以（註19）。

胡思亂想到這裡，我才猛然驚覺——小雪，好羨慕你。我的寒假，已經結束了……

今天開始，我又得重回學校。

話雖如此，由於寒假期間的作息大亂，早晨又是在一陣兵荒馬亂中度過。

我在洗臉時，順便把亂翹的頭髮撥平，再看看鏡中的自己。一早的寒氣加上低溫的自來水，我的睡意頓時全消。

——準備就緒。今天也要好好加油！

註19《ＱＥＤ證明完畢》中文版譯作《神通小偵探》，與《少年偵探推理之絆》皆為漫畫名。

× × ×

過了一個寒假，教室充滿熱鬧的氣氛。

班上同學們互道「好久不見」和「新年快樂」，仍然有些心浮氣躁。大家積了整個寒假的話，在此刻一口氣宣洩出來。每個人都興奮地吱吱喳喳，活力比平常多出好幾倍。這說不定是新年過後的新學期，同學們久別重逢的亢奮狀態使然。

不過，原因不只如此。

另一個原因，在於導師時間發下的一張單子。

我漫不經心地聽導師說明，同時看著這張單子。紙上印著「畢業發展調查表」，過去我們早已寫過好幾次，今天所拿到的，是二年級階段的最後一份調查表。這一次，將為三年級的文理組選擇做出最終決定。

即使再怎麼不願意，這張單子也不斷提醒我們，二年級時光即將告終的事實。

新年過後，大家待在這個班級的時間進入倒數計時。經過一年，時間流逝的速度好像又加快一些。產生這種感覺的，想必不是只有我自己。

一月也過了一個星期，這個學年所剩無幾。大家能聚在一起的時間，已經不到三個月。

比較重大的校內活動皆畫下句點。一月之後的校園，有種職棒消化比賽的氛圍。既沒有了要實現的目標，也沒有讓全班團結起來的活動，大家把心思集中在熟識的人身上，才使得教室這麼鬧哄哄。

再加上三年級之後，為了近在眼前的升學考試，一月起便不再來學校上課。因此在實質上，這個冬天是我們高中生涯的最後一個冬天。

什麼事都不用做、也沒有事可做的時間，容易帶來「這樣的日子終會結束」的不安。我們都能切身明白，舒服的日子絕對不可能維持長久。

× × ×

這樣的喧鬧氣氛，一直持續到下午的放學時間。

很多學生依然留在教室，似乎聊得不過癮。以葉山隼人和三浦優美子為首的班底，更是格外醒目。

戶部、大岡、大和如同以往，一個接一個地聊著沒營養的話，葉山坐在窗邊，托著臉頰望向外面，不時帶著微笑，對他們的話點頭反應。

隔壁的三浦等人，同樣在聊著其他話題。

三浦今天也沒什麼幹勁，深深靠坐在椅背，一手慵懶地撥弄金髮，另一手拿著早上發的調查表猛瞧。

「結衣，妳要選哪一個？」

她晃晃手中的調查表，向坐在斜對面的由比濱問道。

「我大概……選文組吧。」

「是喔。海老名呢？」

「我也是文組。妳呢？」

「嗯……還在考慮。」

對面的海老名輕推眼鏡，反問回去。三浦想了想，將視線瞄向旁邊的葉山等人。她在腦海中盤算一下，才對那群人出聲。

「……戶部，你怎麼樣？」

戶部突然聽到自己的名字，轉過頭要瞭解情況。他看到三浦手上的調查表，立刻明白。

「啊？」

「喔——文理組是吧？還沒決定耶。我很不會背東西，所以搞不好選理組。」

「哇，真意外——」

三浦的反應擺明在對他說「你是白痴嗎？」由比濱同樣很驚訝。嗯，的確。戶部的選擇說意外是滿意外的。雖然不敢斷言，但他不怎麼像擅長理科的樣子。大岡跟大和似乎也這麼想，忍不住確認他是不是認真的。

「喂，你真的要選理組？」

「不要衝動！」

戶部顯得不太高興，噘起嘴巴反駁。

「有什麼辦法？英文單字我根本背不起來啊！」

等等，不論是文組或理組，都會碰到英文喔……

兩人見戶部只是隨便想想便做出決定，才放下心來，搭上他的肩膀，湊到耳邊小聲說：

「跟我們一起選文組啦。好不好？」

「理組的上大學後很辛苦喔！」

「就是說啊～選文組的話，大學也可以輕鬆念，由你玩四年耶！要玩當然得把握當學生的時候。為了你的將來，好好想清楚啦！」

看來大岡跟大和都不是為了鑽研學問而升學。對他們來說，念大學是讓自己延後進入社會的手段。不過，他們口中的「思考未來」是那種意思喔……

會說出這種話的傢伙，十個人裡有十一個進入社會後會故意擺老，對年輕人諄諄教誨：「我一直很後悔，為什麼學生時代沒有用功念書呢？」

沒關係，潮水退了就會知道誰沒穿褲子！讓這種人在找工作的時候吃些苦頭吧！祝你們在面試前夕發現自己的經歷一片空白，而急急忙忙地跑去爬富士山，或飛去印度來一趟尋找自我之旅——嗯？你說我？我本來就不打算工作，靈魂等級說不定還比不上那些人。

想不到大岡跟大和那種程度的勸說，竟然對戶部產生絕佳效果。

「啊——有道理！那真是太好了——」

才一轉眼，戶部立刻倒戈。我彷彿能看見他的將來陷入一片黑暗。有點想不到，連戶部那種人都對自己的將來抱持不安。他又向其他人問：

「你們呢？選什麼組？」

「我跟姬菜應該是文組，優美子還在考慮。」

他聽了由比濱的回答，用力撥了撥髮際，偷瞄一眼海老名。

「是喔——那我也選文組吧。」

「可是之後找工作時，理組好像比較吃香。我也覺得理組滿好的，可以拿化學元素配對喔～」

海老名前面說得那麼認真，可惜最後又腐性發作，「唔呵呵～」地傻笑，功虧一簣。

「……喔……這樣啊。也、也對，有道理。嗯。」

一點也不對好不好……雖然戶部點頭應和，他也有點招架不住。可見海老名的防禦屏障跟往常一樣，絲毫沒有鬆懈。

倒是周遭反應跟往常不太一樣。照理來說，這時早有人往海老名的頭敲下去，防止她越來越失控，那個人今天卻沒有任何反應。海老名也覺得奇怪，看向三浦。

三浦愣愣地望著葉山，似乎沒聽進剛才的對話。

「……隼人，你呢？」

葉山到剛才為止都沒參與對話，只是在一旁看著。他聳聳肩膀，嘴角泛起一絲苦笑。

「嗯……是已經決定了。」

「是嗎……」

三浦表現出無所謂的樣子，視線卻沒有移開，似乎還想追問下去。然而，葉山用微笑暗示「這個話題到此為止」，將她的問題堵住。對話硬是被中斷，換戶部插進來：

「說一下嘛，隼人——不然我都不知道要怎麼選——」

「知道我選什麼也沒用啊。這是你自己的事情，不認真考慮的話，一定會後悔喔。」

葉山所言相當正確。

他不是為了打發戶部，才用「自己的事情自己決定」這種冠冕堂皇的話應付過去。配合別人選擇相同的答案，日後發現不可行時，我們也會把責任推給別人，開始尋找人生的戰犯。當初選擇要配合別人的明明是自己，後來卻又埋怨起對方。這種充滿妥協和欺瞞的態度，絕對不是誠實的態度。

戶部聽完葉山的說教，大呼小叫了一番，最後還是乖乖接受。

「沒辦法，只好想想看啦——」

所有人點點頭，調查表的話題也就此告一段落。

共通話題結束後，是一陣短暫的沉默。

大岡為了避免氣氛尷尬，想到什麼話題，對葉山開口。

「啊——對了，隼人，聽說你在跟雪之下交往。是真的嗎？」

「啥？」

三浦首先發聲，其他人也驚訝地張大嘴巴。說不定還包括我。那個傢伙，沒頭沒腦地說什麼啊？他們怎麼可能交往……等等，不可能嗎？不可能，對吧……

多虧大岡的天外飛來一筆，時間彷彿瞬間凍結。

「你說啥——」

他們重新反應過來時，三浦「喀噠」一聲，猛然從座位上站起。

班上其他同學也暫時停止聊天，好奇地看過去。整間教室頓時變得一片寂靜。

在眾人的注視下，葉山銳利地看著大岡，厲聲問道：

「是誰說出那種不負責任的話的？」

大岡被他完全不同於平常的態度震懾到，一時發不出聲音。然而，葉山緊迫盯人的視線，不容許他沉默下去。

我看過一次那樣的表情。那是深秋季節，我跟葉山和折本等人出遊的時候。

在緊迫盯人的視線下，大岡支支吾吾地回答：

「也、也不是誰說的，就是傳言……寒假時，好像有人在千葉看到你們……」

葉山這才稍微嘆一口氣，恢復以往的表情，露出笑容。

「什麼嘛，原來如此。讓你們失望啦，那天我們只是因為家裡的事情才見面，才不是什麼快樂的事。而且，我怎麼可能跟她交往？對吧，戶部？」

他輕拍大岡的肩膀，用爽朗的聲音徵詢戶部同意。

「啊……對、對啊，就是說嘛！」

「看吧？」

大岡跟大和見他自嘲似的微笑，紛紛出言附和。

「也、也是喔——哎呀～我就知道不太可能～」

「那你還說。」

葉山輕敲一下大岡的頭，大岡做出滑稽的表情。他們的互動完全就是一般男生間的嬉鬧，教室內的氣氛也漸漸和緩下來。

接著，葉山拿起書包，從座位上站起。

「差不多該去社團了。我先去教職員室交調查表。」

「瞭解——」

「那麼，我們也走吧。」

在戶部之後，大岡、大和跟著起身，對三浦等人揮手道別後，走出教室。

三浦輕咬嘴唇，默默地看著他們離去，手指仍然勾在長髮上，動也不動。

由比濱將手輕放上她的肩膀。

「不用緊張。那天我也跟他們在一起。」

「真的？」

三浦不安地問道，由比濱對她泛起微笑。

「嗯。那天出去買東西，遇到小雪乃的姐姐。小雪乃跟隼人同學的家裡認識，所以要去拜年吧。然後小雪乃也只是被叫過去。」

妳未免解釋得太爛了吧？有種在聽小孩子說話的感覺……海老名點著頭，聽完她不知所云的說明後，幫忙整理重點。

「原來如此。所以有人剛好看到他們的家族聚會，才傳出那個謠言。」

「嗯，大概是。」

「大概是隼人跟雪之下都很顯眼，才容易留下印象吧。」

模模糊糊地聽到這裡，我也離開座位，走出教室。

× × ×

放學時間後，眾人的喧鬧蔓延至走廊。

寒假才結束沒有多久，校園內依舊有些躁動。平時通往特別大樓的走廊幾乎不會有人，今天也出現了不少學生。

「妳聽到葉山的事了嗎？」

「喔～知道知道。感覺好像真的呢！」

跟我錯身而過的女生，也在討論剛出爐的新鮮八卦。

說不定真如海老名所說，大家將片斷的資訊拼湊起來，再摻雜各自為了滿足好奇心的猜測與想像，才使消息傳開。

儘管這件事跟自己無關，每當周圍的討論傳入耳中，某種不快感便襲上身體，讓我瑟縮一下脖子。

這種不快感，大概是來自對那些素昧平生、隨意把謠言掛在嘴上的人之不屑。謠言之所以難應付，出於背後不見得藏有惡意。

因為那兩個人很醒目、因為大家有興趣、因為覺得好玩……所以，要怎麼說都沒有關係。只要這樣解釋，無論是誰都會談論起話題，而不抱持任何懷疑，也不查證真偽，不負責任地讓錯誤的資訊繼續散布。即使有誰因此蒙受損失，也能用一句「那只是謠言」規避自身責任。平常明明那麼強調自己的存在，碰到不利的情況，又大言不慚地宣稱自己只是不起眼的路人甲。

我的心裡難受得要命。跟這種謠言比起來，聽到別人在背地說自己的壞話，都痛快許多。

想著想著，後方傳來啪噠啪噠的腳步聲。有辦法走得這麼響亮的人，全校也只有由比濱一個。我稍微放慢腳步後一會兒，由比濱立刻追上。

她走到身旁，用書包撞一下我的腰部。

「為什麼自己先走？」

「妳們還在聊天啊……」

我根本不記得有跟妳說好要一起走……好啦，去年十二月時，是有約定要一起去社辦。她該不會認為，當時的約定到現在都還有效吧？

「剛才小雪乃跟隼人同學的事，你也聽到了？」

「誰教你們那麼引人注意……」

這群人本來就很醒目，三浦聽到消息還叫得那麼大聲……當時何止是我，整間教室的人都在看你們好嗎？

「反正只是謠言，不可能是真的。」

「嗯，我也覺得不太可能……」

由比濱暫時打住，又馬上抬起頭。

「不過我也在想，總有一天，小雪乃跟隼人同學會不會真的——」

我努力了一下，但大腦怎麼樣也無法形成畫面。雪之下自然不在話下，葉山跟固定人物產生戀愛關係這點，也超出我的想像範圍。

我脫口說出自己的想法。

「老實說……我想像不到，雪之下跟別人交往的樣子。」

「……為什麼？」

「為什麼喔……」

理由不是很明顯嗎？別再用不解的表情看過來好不好……

「不用說交往，光是跟別人相處……」

由比濱聽了，也皺一下臉，發出沉吟。

「啊……嗯，好吧。的確，有可能。」

「對吧？」

「嗯……啊！不對不對不對！我要問的不是這個！不過，這個說法也很有道理……」

她還在扭頭沉吟時，我們已經來到走廊盡頭的社辦。我拉開門之前，先清清喉嚨，壓低聲音對她說：

「好了。這件事不要在社團上提。」

「咦？為什麼？」

「……她絕對會生氣。」

「……對喔！」

我們跟雪之下好歹認識將近一年，所以猜得到什麼樣的話題會使她不高興。她知道自己成為八卦主角的話，肯定會相當生氣。

我跟由比濱相互點頭後，才拉開久違的社辦大門。

× × ×

社辦內一片暖烘烘的。

我呼一口氣，坐到自己的固定位子。

由比濱準備好的生日蛋糕已經分成四等份，在桌面上擺好。

「生日快樂！」

「生日快樂。」

「學姐生日快樂！」

大家輪流送上祝福，雪之下不太好意思地扭動身體。

「謝、謝謝……對了，應、應該還要準備茶。」

她倏地起身，迅速泡起紅茶。在餐具微微的碰撞聲中，坐在我隔壁的人發出「哇——」的驚嘆。

「雪之下學姐，妳是一月三號過生日啊～對了，學長，我的生日是四月十六號喔～」

「又沒人問妳……」

還有，這個傢伙怎麼會在這裡……

一色伊呂波偏了偏頭，亞麻色的頭髮跟著晃動。略顯凌亂的制服下，是袖口過長的開襟背心。她小巧的手從裡面伸出來，握著叉子抵住嘴脣，等不及要開動的模樣。

她就這麼出現在侍奉社，彷彿這裡是自己的社團。

不僅分到一塊屬於自己的蛋糕，還用社辦的紙杯喝起紅茶……這個人的適應力真不是普通的高，難道她是東京小子（註20）的一員？搞不好丟去無人島都活得下去。

一色啜一口紅茶，從過長的袖子伸出手，輕輕摸著紙杯。

「還有啊，參拜也要記得找我去啊～」

「為什麼要找妳去……」

何況，我沒有妳的聯絡方式，就算想找也找不到啊。難道妳要我直接用心電感應，順便省下通話費？還是想趁這個機會騙我問妳聯絡方式，然後在心裡暗爽半天？非常可惜，我不會上妳的當！我可是很清楚，做太多解讀只會自掘墳墓！

腦中小劇場到此結束。一色本人似乎沒有想那麼多，她把臉轉向別的地方，「呼」地嘆一口氣。

「你們不是一起去參拜嗎？所以葉山學長一定也──」

「不，他那天沒去……」

「果然呢～那還是算了。」

一色再次把臉撇開，瞬間切斷話題。嘩！這就是傳說中萬物皆可切的次元刀嗎？全世界能切割得這麼乾淨的除了一色之外只有三個人，一個是動畫黨，一個是斬人拔刀齋，另一個我不能說。

回到正題。我其實明白一色的想法。既然三浦那群人出現在新年參拜，會想到

註20　日本知名男子團體「TOKIO」。曾在電視節目「鐵腕DASH」的單元中開拓無人島。

葉山應該在場，是很合理，也很合邏輯的。我不能理解的地方，在於一色為什麼會出現在侍奉社辦。

「妳先說說妳為什麼在這裡。」

「咦——最近學生會那邊很閒嘛～」

「雖然我不太清楚，該做的事情應該很多吧……再不然，去社團也可以啊。妳不是還在當經理？」

說到這裡，她輕拍我的肩膀。

「別這樣嘛～在這裡有什麼不好？啊，對了。今天我要來拿聖誕節時，寄放在這裡的東西。」

「妳很明顯是臨時想到的對不對？」

這個理由未免太拗，拗到快變成拱橋。

「唉……」

雪之下嘆一口氣，一旁的由比濱也陪著苦笑。真拿這個傢伙沒辦法……我們三個人完全被打敗，唯有一色本人一派輕鬆，輕鬆到我想把她擺到藥局門口當吉祥物（註21）。

在大家的視線包圍下，一色才終於覺得不好意思，拿起不怎麼燙的紅茶，作勢

註21 一派輕鬆之原文為「けろり」，發音近似過去一電視節目「木馬座時間」之登場角色「ケロヨン」。ケロヨン又常被誤認為與和製藥之吉祥物「ケロちゃん」。

吹涼蒙混過去。

「啊，對了──」

她又突然開口，然後將視線轉向雪之下。雪之下察覺後偏了偏頭，下一秒，一色帶著燦爛的笑容，發出驚人之語──

「──雪之下學姐，妳是不是在跟葉山學長交往？」

「什麼？」

聽到這個問題，雪之下的頭偏到快成九十度。

天啊……這個傢伙的膽子也太大，竟然一副無所謂地踏上地雷……這是在演《危機倒數》嗎？而且沒有任何預兆，一開口便丟出最直球的問題，我彷彿看見當年以戰斧投法投出剛速球的傳奇投手（註22）。

話題回到一色身上。她很可能是刻意問這個問題。更進一步來說，她今天來到侍奉社，八成正是為了確認謠言的真偽。

「一色同學……」

雪之下用冰冷的聲音開口。宛如被極光幕包覆的淡淡淺笑深處，是極地寒冰般清澈的雙瞳。

一色正眼目睹到那副神情，嚇得聲音跟肩膀都開始顫抖。

「是、是～～」

註22　指日本職棒選手村田兆治。

她發出細微的聲音回答，接著立刻把身體往後仰，躲到我的背後，僅稍微探出頭來。喂，不要把我當成盾牌！

雪之下用強而有力的目光直視她。

「……那是不可能的。」

一色聽到雪之下回答得那麼肯定，點頭說道：

「對、對嘛——哎呀～我就知道根本不可能！不過，聽到那樣的傳言，當然還是會很在意對吧～」

「傳言？」

雪之下聽出蹊蹺，看向我跟由比濱。

「喔，嗯……今天有不少人在談這件事……」

「新年時我們不是去百貨公司嗎？當時好像有人看見，然後誤會了什麼。」

由比濱解釋後，雪之下深深地嘆一口氣，似乎打從心底感到厭倦。

「我瞭解了。就是有人太無聊，才胡亂猜測對吧……」

畢竟對高中生來說，再也沒有比八卦更有趣的話題。何況這次的事件主角是何等醒目的存在，難怪有人會多做聯想。

再說，一色喜歡葉山，想確認謠言的真偽也很正常。我看向一色，她一臉認真，好像在思考什麼。

「不過，這次真的很誇張呢。」

「是啊。對當事人來說，可是相當大的麻煩。」

「啊，我不是這個意思。」

一色委婉地否定，雪之下不解地看過去。

「不然，是什麼意思？」

她豎起手指說：

「葉山學長的記錄乾淨得不可思議，從來沒傳過這麼逼真的謠言。」

「啊，的確……」

由比濱立刻聽懂她的意思，仰頭看向天花板。

原來是這個意思。仔細想想，我好像沒聽過任何跟葉山有關的緋聞。雖然一部分的原因出在我對這類八卦沒興趣，也沒有人會告訴我消息。正因為如此，才向雪之下所說的，大家只能自行想像猜測，或是請教錢仙大人（註23）。

「所以，許多女生都很在意這個謠言喔～」

一色盤起雙手，發出「嗯──」的沉吟。

從來沒有任何花邊新聞的葉山隼人，閃電傳出跟某人交往的消息──其實，既然是葉山，便不需要太過訝異。對他有好感的女生，想必也抱持著危機意識。現在，她們的危機意識隨著謠言一口氣化為具體。不知這件事情將對葉山周圍的人際

註23「猜測」之原文為「勘繰る」，發音近似漫畫《電波少女與錢仙大人》原文標題《繰繰れ！コックリさん》。

關係，帶來什麼樣的變化？

「謠言嗎……真不走運。」

雪之下低聲喃道。這句話並非對在場的任何人所說。出現在她視線前方的杯子內，紅茶起了細微的漣漪。

「沒、沒關係啦，只要不去管它，謠言自然會消失！俗話不是說，謠言過不了四十九天嗎？」

「七十五天才對。」

最好是四十九天啦。最近有誰往生，要做法事不成？

「好啦！反正不要在意就是了！」

由比濱努力地安慰著雪之下。

她說得沒有錯。現在唯一能做的，只有安安分分地等待風頭過去。跟那些正在興頭上、拿謠言起鬨的傢伙說破了嘴解釋，也只是浪費自己的力氣。面對帶有惡意的誤解或取笑時，最好的處理方法就是冷處理。

越是跟別人爭得面紅耳赤，越會被抓到更多把柄。如果大家純粹是想看好戲，不管我方採取何種作為，都註定要淪為他們的攻擊題材。不僅如此，幫事件主角說話的人，還會成為下一個受害者。這種你拿棒子敲、我拿安全帽躲的猜拳遊戲，一定會產生一個輸家。雖然連什麼事情都不做，都有可能成為被批判的對象，這至少是讓傷害降至最低的方式。

雪之下也明白這個道理，輕輕點了點頭。

「……確實如此。」

「那麼，我們轉換一下心情……趕快開工吧！」

由比濱用開朗的聲音說道，雪之下也露出微笑，搬來筆記型電腦。

開工啊……真是討厭的字眼。

× × ×

即使有多麼不甘願，照樣得乖乖工作。真要說的話，正因為是討厭的事情，才被稱為工作。我所討厭的事情，亦即侍奉社開春後的第一件工作，是檢查電子郵件。

荒廢了好一陣子的「千葉通煩惱諮詢電子信箱」恢復運作，在社辦一隅沉睡，積上一層灰塵的筆記型電腦也重出江湖。

平塚老師不知從哪裡借來這臺電腦，機型有些老舊，花了不少時間才完成開機。

等待開機的期間，雪之下在自己的書包裡翻找一陣子，然後拿出一個眼鏡盒，取出眼鏡，默默地戴上。

隔著一層鏡片，我們不經意地對上視線。我趕緊作勢打呵欠，藉以別開視線。不過在視野一隅，她也稍微把臉垂下。

「啊，這副眼鏡果然很適合妳！」

「是、是嗎？」

聽到由比濱這麼說，她摸一下鏡架，將視線瞥過來。

「……呃，嗯。」

看著對方在面前拿出自己送的禮物，亂難為情一把的。我只能含糊地應個幾聲。

「……謝謝。」

她似乎對此不再感興趣，將臉別到一旁低聲說道，然後點了點頭。我也端起杯子，喝一口紅茶。

一色好奇地開口詢問：

「雪之下學姐，妳有戴眼鏡嗎？」

「……這是抗藍光鏡片。」

雪之下盯著電腦螢幕，回答得很勉強。但一色也不是很在意，輕撫著紙杯，隨興地發出「喔～～」的聲音。

聽這傢伙的語氣，肯定根本沒有放在心上……

不過，也好在她對這個話題不感興趣。

要是她再追問下去，我八成會不好意思到恨不得立刻逃離社辦。老實說，光是現在這個程度，我就已經緊張地不停抖腳，目光也飄忽不定。

我懷著七上八下的心，調整一下椅子的位置。這時，坐在斜對面的由比濱嘟噥：

「我也買副那種眼鏡戴戴看好了……」

「妳又不用電腦。」

才剛這麼說，她馬上生氣起來。

「是沒有錯──不對，人家也會用電腦！明明就有！小雪乃，我也要看！」

她把座位挪到雪之下身旁，湊到螢幕前。

「啊，有新郵件。」

「嗯，好像是三浦同學寄的。」

雪之下這麼說著，將螢幕轉過來讓我看。

〈yumiko ☆的煩惱〉

「大家都是怎麼決定文組或理組的？」

我懂了，的確很像三浦會寫的信。之前好像也出現過這個名字。

由於電腦面向我這裡，一色也拿著蛋糕盤子，繞到我的背後一起看螢幕。

「嗯～～高三選組嗎？選哪一組比較好？」

她把叉子放在嘴邊，一邊吃著蛋糕，一邊抬起眼睛問我。

凡是要面臨升大學考試的高中生，至少都會考慮過一次這個問題。一色當然也不例外。

「若單純以考試來說，文組絕對輕鬆很多。可是，私立和國公立大學也有差別。國公立大學得準備七個科目，私立文科大學的話，準備英文、國文、社會三科即可。」

我這麼解釋後，一色忽然倒退一步。

「天啊……學長，你該不會成績很好吧？」

「什麼叫做該不會……咦？等一下，妳開頭是不是說了『天啊』？妳到底把我當成什麼……」

她綻放燦爛的笑容，自作聰明地回答：

「這個不可以說啦……學長也知道，人家很不會說別人的壞話～」

我最好會知道。而且這不是已經跟壞話差不多了嗎？這個人到底是怎樣……她注意到我的視線，露出佩服的眼神。

「學長的確是很聰明的樣子，原來成績也真的很好呢～」

嗯……我說伊呂波妹妹，妳該不會打死也不肯相信我的頭腦很好吧？妳的用字遣詞是在堅持什麼……

「沒有錯沒有錯！只看文科的話，他的成績真的很好！」

由比濱也拍一下手，大聲表達同意，還「哼哼～」地挺起胸脯。

妳是在得意什麼啦……還有，不要強調「只看文科的話」好不好？接著，隔壁的雪之下輕輕撥開披到肩上的頭髮，得意地笑起來。

「他的成績的確不錯。只不過，還是拿不到第一名。」

妳又是在得意什麼……好啦，這句話我能接受。畢竟妳的成績比我好……

一色不斷點頭，聽完以上對話後，又問道：

「所以學長要選文組嗎？」

「嗯。」

「喔～」

又是那種擺明一點興趣都沒有的反應……沒有興趣的話，一開始就別問好不好？她輕咳一聲，暗示接下來才是重點。

「……那麼，葉山學長也決定了嗎？」

「嗯──他好像決定好了。」

由比濱想了一下後回答，一色立刻把身體湊過去。

「咦，真的嗎那葉山學長選什麼組？我想要做為參考。為了之後的學業，這是相當寶貴的資訊。」

「嗯……他已經把調查表交出去，所以我也不知道詳細的內容……」

「唉，這樣啊──」

一色大感失落。由比濱看她實在太可憐，於是安慰道：

「不過，要做為參考的話，我知道戶部選什麼組喔！」

「沒關係，戶部學長的就不用了。」

「妳也拒絕得太快！」

她是要做為什麼參考……我在心裡嘟囔。同一時間，沒參與對話的雪之下滿臉不解地看著螢幕，稍微嘆一口氣。

「怎麼了？」

「啊，沒事。只是有點訝異，三浦同學也有煩惱。」

「這樣說很過分耶……雖然三浦的個性讓人不敢恭維，又老是擺出一副女王的樣子，她當然也有自己的煩惱。」

「你的說法不是更過分……我也不是這個意思。」

雪之下輕按太陽穴，半帶無奈地再嘆一口氣，繼續說：

「我只是想不到，像三浦同學那麼有決斷力的人，也會感到煩惱。連戶部同學都決定好選哪一組……」

最後那句話是多餘的吧……可憐的戶部，躺著也中槍。我跟由比濱不禁泛起苦笑。

「啊哈哈……就算是優美子，也會有煩惱啦——而且又是這麼重要的事。」

「選組有什麼好煩惱的嗎？」

明白自己想做什麼的話，直接選擇最適合的選項；如果沒有特別想做什麼，就先繼續升學再說。大多數的高中生應該都是這麼想。

只有決定報考科目和志願學校的時候，才要煩惱選擇文組或理組。雖然有些人還會考慮大學學分和證照的取得難度，以及未來求職時是否對自己有利，但大體而言，過濾「不想做的事情」後，答案自然呼之欲出。

人們很難找到自己想做的事。至於不想做的事，倒是能立刻列舉出來。

對於我的發問，由比濱露出曖昧的表情。

「嗯——也不是那個意思……選組之後，大家不是就要分開了嗎？所以，才會猶豫。」

「原來如此……不過，分組就是這麼回事。」

萬事萬物都會在某個時刻、某個地方畫下句點。這是理所當然的道理。我們的高中生活極為有限，三年過後，大家勢必得各自走上不同的道路。

所以，我只能如此回答。由比濱聽了，略微垂下肩膀。

「是沒有錯……可是，該怎麼說，大家的目標和想做的事都不一樣……而且，分組之後，班上同學也都要被打散……」

「按照妳的說法，我一開始便在不同科，從來沒有跟妳同班過……」

雪之下把臉撇到一旁，低聲說道。儘管表現得很不明顯，她八成是在鬧彆扭。雪之下念的國際教養科跟我們普通科不同，只有一個班級，所以整整三年都不會變動。

「對、對不起啦！我沒有那個意思……雖然我也不知道為什麼，跟小雪乃分在不同班級，一點關係都沒有！」

由比濱緊緊抱住雪之下。嗯，感情融洽實為美妙之事。由比濱跟雪之下永遠都是好朋友喔！

始終在一旁用可疑的視線看著的一色，倏地想到什麼而抬起頭。

「喔～原來是這樣——」

「什麼事？」

她露出得意的笑容，指向電腦螢幕。

「寄這封信的是三浦學姐對吧？其實啊，她想知道的是葉山學長選什麼組。因為這影響到三年級的分班。」

喔——想不到看似簡短的信件，竟然埋藏這麼深的意涵。用女子語寫的文章未免太難解讀。要是列為必修科目，絕對會有一大票人被當掉。至於男子語寫成的文章，幾乎都能直接解釋成「想受女生歡迎」，簡單得不能再簡單。

多愧有一色這位女子語解說員在場，我們才得以明白諮詢信件的用意。不過，我還是有個地方想不通。

「是妳的話還可以理解，三浦會這麼拐彎抹角嗎？」

「學長，你到底把我想成什麼樣子……」

她不滿地看過來一眼。等一下，妳先前為了問出葉山選什麼組，不也一樣利用我……

換做是女生，似乎便能理解一色的話。由比濱發出沉吟，開始思考。啊，順帶一提，雪之下仍然只能任憑她緊緊摟著。

「這樣我懂了……優美子在教室時，好像也很在意這件事。很有可能……而且，她也有少女的一面……」

「對啊對啊！像我不也是個少女嗎～」

一色大力點頭，尋求我的同意。唔……以我個人的感覺，她跟三浦都不太有少女的樣子……尤其是三浦，用「隊長」形容好像更合適。而且是橫濱隊長。嗯，可能是名字很像的關係吧（註24）。

言歸正傳。稍早在教室的時候，三浦的確問了其他人選組的事情。暫且不提由比濱跟海老名，我不覺得三浦會在意戶部選什麼組。我當然也不會在意。

照這樣推測，她說不定跟一色利用我打聽葉山的消息一樣，打算循類似的方式得知對方動向。只不過，葉山拿了很有他作風的理由打了回票。

難怪三浦決定換個方法，寫信到諮詢信箱嗎……

誠如一色所言，如果三浦下個年級還想跟葉山分在同一班，便得選擇跟他一樣的組別。

根據歷年資料，三年級的文組班級大多占七班，理組班級則占三班。縱使選擇相同組別，最後能不能分到同一個班級，也得看運氣。可是，如果一開始便選擇不同組別，就註定沒有同班的機會。

註24 指隸屬於日本職棒球隊「橫濱DeNA海灣之星」的選手三浦大輔。

再說，文組班級的教室在二樓，理組班級的教室在一樓。隨著距離增加，平時見面的機會勢必降低。對戀愛中的少女來說，這可是攸關生死的問題。

「那麼，為什麼不自己問？」

雪之下開口的同時，也忙著把由比濱從身上拉開。儘管正值寒冬，一直被別人黏著想必還是很悶熱。她的手臂懸在半空中，頗像被抱到不耐煩的貓。

「大家還在教室的時候，是有討論過這件事。可是，隼人同學不肯回答，只說這種問題應該自己思考。」

「那是因為大家都在場吧～為什麼不挑兩個人獨處的時候衝？還能順便推銷自己～」

「不可能那麼簡單。」

一色搖搖手指，講得頭頭是道。但我不得不說，這個問題絕對沒有想像的單純。哪怕是再親密的朋友，都存在碰觸不得的話題。

我們不知道對方的過去、現在，或是未來是否埋藏地雷。

硬是探究下去，結果換來不想聽到的答案，該怎麼辦——我們一定都有過這樣的想法。臨到嘴邊的話，也因此吞了回去。

思考到這裡，雪之下開口：

「那麼，這件諮詢要如何處理？」

「先接下來也沒什麼不好吧。」

儘管介入他人之間的關係，並非我們所願，這應該也算是協助的範圍。而且，若能讓葉山跟三浦的關係回歸正常，無聊的謠言自然也會消失。

「瞭解！我明天再問一次看看。」

「嗯，這樣也比較好。那麼不好意思，麻煩妳了。」

「嗯！」

由比濱精神抖擻地回應，但又馬上顯露擔憂。

「不知道他願不願意告訴我……」

光是稍早在教室時，葉山沒有告訴三浦跟戶部他們答案這點，便不難想見在葉山眼中屬於同一群人的由比濱去問，照樣得不到回答。即使換成一色，結果八成也不會改變。

從葉山本人的說法推測，他大概不希望因為自己的選擇，使周遭親近的人受到影響。

既然如此，由在他的心目中屬於不同種類，不會受到影響的人詢問，才有可能得到答案。經過這個條件過濾，符合資格者立刻浮上檯面。

我瞄一眼雪之下。

然而，她的頭上浮現問號，沒有看出我的用意。

……恕我收回前言。謠言正傳得沸沸揚揚，挑這種時間點要雪之下接近葉山，我的想法也太愚蠢。先不論葉山願不願意告訴她，光是那兩個人出現在一起，便足以引發新的問題。

看樣子，只剩下我了嗎……雖然由我去問，大概也是白問。

「沒辦法，還是我去吧……」

由比濱跟雪之下聞言，訝異地看過來。

「咦，你去？」

「確定沒問題嗎？有辦法跟他對話？」

「妳擔心的點不太對吧……我也沒什麼把握就是。」

擔心歸擔心，我跟葉山好歹都是以日語為母語，對話應該不成問題。不過，語言相通不見得代表心意也能相通。有時候，雙方使用共通語言，反而導致意思無法確實傳達。這已經不能說是 native language，要改名為 negative language。

「不過，也不無可能。」

「怎麼說？」

「如果他對親近的人說不出口，我們便得反其道而行。有些事情就是要對置身事外的人，才有辦法說出口。」

「……有道理。像是告解或懺悔對吧。」

「ㄍㄠˋ ㄐㄧㄝˇ……」

由比濱大概不知道這個詞，呆愣地跟著複誦。算了，晚一點再跟她解釋。先看雪之下的說法，雖然有點誇張，意思上已經八九不離十。

在日常生活中，像懺悔般吐露心聲的情況並不罕見。酒吧或居酒屋裡，總會出現跟碰巧坐在隔壁的顧客發牢騷的中年男子；網路上也有人把社群平臺或討論板當成個板，對連名字和長相都不知道的廣大使用者大談私事。有些話正是因為彼此間的關係薄弱，才有辦法說出口。雖然我自己沒辦法對陌生人說些有的沒的，也不喜歡這麼做就是。

「總之，我去試試看。反正不問白不問。」

這就是社畜之間所謂的「裝傻問問看」。打聽到什麼小道消息時，這項技能對新進社畜來說將顯得相當重要。據說能夠活用與否，將成為日後工作表現的大分水嶺。老爸也對最近新加入公司的員工發過牢騷，所以絕對不會錯。但是一想到真的存在那樣的上司，我便立刻覺得不想工作。話說回來，自己好像又快習得什麼無用的社畜技能……

不過，在沒有其他方法的情況下，也只能先由我去問問看。

決定好方針，討論告一段落後，一色輕輕吐一口氣，從座位上站起。

「那麼，我差不多要回去了。感謝招待～結衣學姐，打聽到消息的話，要告訴我喔～」

她行一個禮，隨即準備離開社辦。我趕緊把她叫住：

「喂，東西記得帶走。」

「啊。」

一色轉回來，對我們「耶嘿」地傻笑一下，然後搬起堆在社辦角落的紙箱。

「嘿……咻！」

她抱著紙箱，走起路變得搖搖晃晃，看得我忍不住捏一把冷汗。結果，我被小町鍛鍊出來的哥哥技能自動發動，回過神時，自己已經伸出手，把她手上的紙箱搶了過來。難道這個技能沒辦法解除嗎……

「啊，謝謝學長～可以請你幫忙搬到學生會辦公室嗎？」

「是……」

沒辦法，好人當到底吧。在這之前，最好先跟雪之下和由比濱說一聲。我轉過身，正要開口時，卻見她們動也不動，默默盯著紙箱。

「……」

「……」

咦，為什麼不說話？

「……那麼，我幫忙把東西搬過去。」

經我開口，雪之下才有所反應，默默地收拾起餐具。所以說，妳為什麼不肯講話……

整理得差不多後，她跟由比濱對望一眼。

「……今天我們也到此結束吧。」

「嗯，好！我們一起幫忙搬！」

由比濱「喀噠」地站起身，抓起背包，大步走出去。雪之下也背好書包，靜靜地走向外面。一色對她們的舉動感到不解，露出疑惑的眼神。

「嗯……其實，不需要這麼多人……」

「……我要把門上鎖，可以請妳出來嗎？」

「是、是！」

在雪之下冰冷的微笑催促下，她連忙離開社辦。

走廊上沒有其他人影，使體感溫度比實際溫度更低。

窗外完全暗了下來，僅剩這裡亮著朦朧的燈光，在黑暗中載浮載沉。

三個女生走在前面，我重新拿好手上的紙箱。

紙箱內塞滿各式各樣用於聖誕節活動的裝飾品。

儘管裡面一片凌亂，我的雙臂還是確實感受到重量。

4

縱使如此，三浦優美子也想知道答案

放學後的校園充滿冷冽寒意。我們收到那封電子郵件後的幾天，季節又往隆冬近了一步。

白天一片晴朗，天氣也還算暖和。太陽開始西沉時，氣溫立刻大幅下滑。

另外，別忘了還有風。

這間學校座落在海邊，周圍沒有大型建築物遮蔽，使冬天的海風長驅直入。再加上千葉縣是全日本地勢最平坦的縣，這也意味著風最容易灌進來。順便補充一下，千葉縣還很有家的感覺，是讓年輕人大展身手的好舞臺。這種描述方法簡直像極了黑心企業的徵才廣告。做為東京的衛星都市，這裡會成為社畜的巢穴，好像也可以理解。真是不可思議！

不過，我可是擁有十七年的千葉市民資歷，身體早已適應這個程度的寒風。多虧如此，我對這個社會冰冷無情的批判風氣，也變得相當習慣。

一陣強風吹來，我拉緊大衣的領口，望向正在遠處練習的足球社。

我待在腳踏車停放處的角落，同時也是特別大樓的陰影處，等待足球社的社課結束。

在這裡等待的原因，如同前幾天侍奉社得出的結論，由我詢問葉山他所選擇的組別。經過幾天觀察，我幾乎找不到和他私下談話的機會，最後沒有辦法，只好直接挑社團結束的時間堵他。

直到剛才為止，我都窩在溫暖的社辦，從窗戶觀察足球社的動靜，所以現在來到戶外，低溫更顯得刺骨。

我看到他們開始收拾東西，才出來外面等待，結果還是早了一點。他們還有收操運動要做。

等待期間，我在原地小踏步，藉此多少驅走一點寒意。忽然間，有人拉了拉我的袖子。

我轉過去，看見一隻抱著咖啡罐的毛茸茸貓咪玩偶。

「來，給你。」

聽到說話聲，再往上看，原來這隻貓是雪之下戴的手套。她將ＭＡＸ咖啡遞到我面前。原來雪之下真的用了那雙手套……

「喔，謝啦。」

我心懷感激地接下咖啡，握在手裡當做暖暖包。啊～好溫暖～

由比濱站在後面搓著手，雪之下也把貓型手套貼在臉上。兩個人都跟過來查看情況，只不過，葉山仍未出現。

天色漸漸暗下來，如同染上一層淡墨。我看著天空，對她們說：

「……妳們先回去沒關係。」

「通通交給你一個人，感覺有點……唔唔～～」

由比濱一時不知該怎麼說，轉而尋求雪之下的同意。雪之下也點一下頭。不過，我還是搖頭，告訴她們：

「不，我一個人可能比較好問。雖然不是很確定，要他對妳們說那種事情，恐怕也開不了口。」

讓雪之下在這個時候、這個地點跟葉山見面，不是什麼明智之舉。要是被那些好事的大嘴巴看到，不論事情真相為何，他們十之八九又會到處宣揚。想到這裡，我的語意開始變得含糊。

雪之下輕撫下顎思考，經過半晌，才抬起頭說：

「嗯……你說的也有道理。」

「我問得出答案的話，當然是最理想的情況……」

「那麼，不好意思，就交給你……」

「沒什麼。誰教這是工作。」

她跟由比濱依然感到過意不去，聽到我一派輕鬆的回答，才泛起微笑。

「真不像你會說的話。」

是啊——我不禁點一下頭，自嘲地笑了笑。由比濱也終於下定決心，把背包背好。

「那麼，明天見。」

「嗯，明天見。」

我輕輕揮手，目送她們走向正門口，接著將視線轉回足球社。那些人總算要離開操場，回去社辦——

啊，糟糕。他們回去後該不會還要換衣服、順便沖個澡吧？我沒有參加過體育型社團，所以不清楚實際情況。

沒辦法，只好跟過去了。我靠著緊鄰社辦的新校舍側牆壁，一小口一小口地喝著MAX咖啡。

×　×　×

太陽完全西沉後，寒氣變得更加逼人。不過，我還是緊盯足球社的動靜，想著他們到底什麼時候才要出來。

不是我在說，真的快冷死了……就算這是工作，為什麼我非得在這裡等葉山不可？能不能不要管葉山本人，直接訪問他的守護靈（註25）交差了事？

我已經等到心力憔悴，身體凍得像冰塊，雙腿也完全僵硬……由於除了我自己，真的再也沒有半個人影，我不禁懷疑周圍是不是產生了固有結界……

好在皇天不負苦心人，足球社的社員終於湧了出來。

然而，其中沒有葉山的蹤影。那個人跑哪裡去了……

我站直身體，環視四周。同一時間，足球社裡有人叫我的名字。即使彼此間有段距離，我還是能從棕色的頭髮和輕浮的態度，立刻認出是戶部。

「咦——這不是比企鵝嗎？你怎麼會過來？」

戶部爽快地對我揮手，我也稍微舉手示意。

「葉山呢？」

「隼人嗎……啊，他剛好有點事——」

他嘴巴上那麼說，目光卻在游移。我順著他的視線方向偷看過去，還是沒看到葉山。

「不在啊。」

「啊，也不是不在。他還沒有離開，剛剛是還在沒錯……」

他說得很曖昧，到底是在還是不在，我完全搞不清楚。

註25 指大川隆法所著之《守護靈訪談》系列。書籍內容為作者召喚知名人物的守護靈，進行獨自訪談。

「不在的話也沒辦法……那我先走啦。」

在外面忍著寒風等待那麼久，最後卻撲空。這樣的結果讓我不太滿意。既然繼續待下去也不會有什麼收穫，不如早點走人。懂得在停損點收手，是賭博的基本常識，這在名為人生的賭局裡同樣適用。搞什麼，為什麼我的人生沒有一次不輸到停損點？

我向戶部道別，旋即轉向腳踏車停放處。

「……啊！」

背後傳來他的聲音，但我不予理會，繼續走自己的路。

過沒多久，我忽然在校舍的陰影處發現葉山。什麼嘛，明明就在……原來他不是往正門走，而是選擇側門的道路。

正當我想著如何開口時，腳步倏地停了下來。

橙色街燈微微灑落之處，出現另外一個人影。

我不作多想，立刻緊緊貼著校舍牆壁，藏起身體。牆壁的冰冷氣息逐漸滲入體內。

天色昏暗之下，我看不清楚跟葉山一起出現的人是誰，頂多從對方的身材明白是一位女性。接著，我又聽到「抱歉，突然找你出來」之類，夾雜在風中的片段對話。根據對方語氣，看來是同年級的女生。

那名少女身穿厚重的海軍藍色大衣，雙手緊握胸前的紅色圍巾，抬起眼睛看著葉山。從我站的遠處，也能明顯看出她纖細的肩膀在顫抖，可見得相當緊張。

——是這樣啊，我懂了。

難怪剛才戶部一直閃爍其詞。

那名少女輕輕吸一口氣，下定決心，握住大衣的領口說道：

「我從朋友那裡聽說……葉山同學，有交往的對象。這是真的嗎？」

「不是。我沒有女朋友。」

「那麼，請跟我……」

「抱歉，我現在無暇想這種事情。」

儘管他們的聲音很微弱，我仍然能勉強聽見。

葉山回答之後，兩人再也沒有聲音。

他們想必都不知道還能說什麼。

不過，即使說不出口，我還是可以明白。

那邊的黑暗中，散發著一種獨特的緊繃氣息，以及跟平時的爽朗截然不同之絕望。這股氣氛跟寒冬頗為搭配，我也回想起不久前經歷過的類似觸感。

這一幕酷似聖誕季節，得士尼樂園內的一色伊呂波和葉山隼人。

我又聽到他們短暫交談幾句話，少女便虛弱地揮揮手，轉身離去。

葉山望著對方走遠，肩膀微微垂下，嘆一口好長好長的氣，接著抬起頭。這一刻，他好像發現我的存在。

他對我笑了笑，臉上既沒有害羞、沒有難為情，更沒有喜悅，只有一副死了心似的神情。

「被你看到啦。」

「呃──其實，也不是……抱歉。」

對方先一步開口，使我屈居下風，一時不知該說什麼。但就算葉山看到我時沒有說話，我八成還是不知道該如何開口。如果是被拒絕的人，至少可以說幾句安慰的話；但我現在面對的是拒絕別人的人，實在不曉得要怎麼反應。

葉山看透我的遲疑，輕笑一下。

「別放在心上。今天連社員都變得很識相。」

從這句話聽來，這幾天大概一直有人跟他告白。

「你也真辛苦。」

老實說，這是我現在唯一能說的話。我對葉山跟誰交往，一點興趣都沒有。碰到樣樣都完美到這個程度的人，我反而一點也不會嫉妒。像這樣一派輕鬆地開他玩笑，說不定是我的一種好意。只可惜我們的交情沒這麼好。

有那麼一瞬間，葉山的表情皺了一下，彷彿無法呼吸，又好像忍耐著痛楚。

不過，他很快地甩甩頭，露出以往的微笑，抬起下顎指向腳踏車停放處。於是，我們一起往那裡走去。

「跟我比起來，雪之下同學更辛苦吧。」

「啊？她為什麼更辛苦？」

葉山一開口便提到雪之下，我反射性地問回去。他依舊看著前方，這麼回答：

「世界上就是有這種人，以挖別人的隱私為樂。即便只是出於好奇心，也改變不了造成他人困擾的事實。」

他的語氣比平時尖銳。我一時無法想像，他跟那個總是帶著溫和笑容的葉山隼人，真的是同一個人。

不過，我很清楚他指的是這次的謠言。

先前向葉山告白的女生，想必也是受到謠言影響，而被朋友利用、慫恿。說不定，這樣的事情在前幾天便上演過。

走到半途，葉山回頭看過來一眼。在路燈的照耀下，他的眉毛略微下垂，一副過意不去的樣子。

「我可能也造成了雪之下同學的麻煩。能不能麻煩你代我向她道歉？」

「要道歉就自己去啊。」

「可以的話我當然想，但現在不是時候……光是接近她，謠言搞不好又會被加油添醋。遇到那種事情，也只能冷處理。」

葉山說得好像自己有過類似經驗。就我的感覺，他只是將從過去經驗得到的真理背誦出來。

而且在葉山之外，她大概也體悟到同樣的真理。

腦中閃過這個念頭，腳步瞬間停了一下。我很快地挪動雙腿，再度往前踏一步。

「你好像非常習慣……過去常遇到這種事情？」

「……對了，你不是有事情要找我？」

面對我的提問，他聳一下肩，迅速轉向別的話題。由此可見，他不想談起這件事。

我已經看到絕對不能跨越的底線。既然如此，我便遵從他的底線，轉而說明自己的來意。

「其實，也不是什麼重要的事。只是想問問看，你的……選組。」

原來是這件事——葉山發出低喃，苦笑一下。

「是誰拜託你來問的嗎？」

「嗯……總之，做為參考。」

我當然不可能坦白說出這是三浦的委託。走在前面的葉山見我吞吞吐吐，輕聲嘆一口氣。

「……又是為了工作。對吧？」

葉山的話音轉趨冰冷，似乎有點瞧不起我。我無法得知他臉上的表情，只看到他用力握緊拳頭。

「你還是老樣子。」

在迎面的風中，我清楚聽見他不屑地啐道。腳踏車停放處的鐵皮屋頂隨風發出震動，無人認領的生鏽腳踏車也左搖右晃。

他的聲音讓我不太高興，語氣跟著強硬起來。

「不是說過了嗎，我們就是專門做侍奉活動的社團。」

「是嗎？那我是不是也能拜託你們？」

葉山停下腳步，轉頭看向我。

「——可不可以別再用這個問題煩我？」

他的臉上沒有笑容，話音不帶抑揚頓挫，原本緊握的拳頭也無力地鬆開。儘管如此，這句話不受風的影響，在夜晚的校舍後方悄悄迴盪。

我一時無法回應，想不出如何接話。雙方陷入短暫的沉默。

下一刻——

葉山立刻恢復笑容，用開玩笑的口氣向我問道：

「……要是我像這樣提出相反的要求，你們會怎麼辦？」

「什麼怎麼辦……到時候再想啊。」

「……是嗎。」

接下來，我們再也沒有交談，就這麼走到腳踏車停放處前。葉山停下腳步，指向學校的側門口。

「我要搭電車。」

「嗯。」

他用這句話做為道別，隨後仰頭看向天空，佇足在原地。

我跟著抬起頭，想知道他看見什麼。

然而，除了昏暗的校舍，以及映照在玻璃窗上的街燈，我就再看不出其他所以然。今晚沒有星星，也沒有月亮，人工照明是唯一的光芒。

葉山想到什麼，倏地開口：

「你剛才的問題，交給你自己去想像。我不知道這是誰的委託，但是……這種事情若不自己好好思考，將來一定會後悔。」

他說完這句話，往街燈照不到的地方走遠，漸漸消失在黑暗處。沿著這條路走下去，會到達學校的側門，此刻的我卻彷彿看不出他要走向何方。

葉山最後的話，想必是說給不在場的某人聽。

可是不知為何，我又覺得他不是對那個人所說。

×　×　×

最近在學校裡，我試著分一點注意力在葉山隼人的動向，以及跟他有關的事情上，很快地便察覺一個現象。

簡單來說，一色伊呂波的隱憂果然成真。

如同前幾天她在侍奉社辦所提，葉山跟雪之下交往的謠言，開始讓葉山周圍的環境產生變化。

不論是走在走廊或待在教室，他們的謠言都悄悄地傳播開來。

再怎麼說，兩名當事人在校內可謂無人不知、無人不曉，所以學生之間不分男女，都對謠言抱持高度的興趣。

休息時間，我在教室裡發呆，都感覺得出大家有意無意地注意著葉山。

坐在斜後方，不知道是什麼名字的女生，也在談論這個話題。

「不知道那傳言的真實性有多高。」

「對啊，我也好想知道是不是真的在交往~妳們覺得呢？」

「可是我聽E班的人說，好像沒有耶。」

「人家是不想讓妳更傷心，才沒說出實話吧~怎麼那麼溫柔啊~」

「那樣哪裡溫柔了！真好笑。」

儘管沒有指名道姓，她們談的對象百分之九十九就是葉山跟雪之下。

這完全是無中生有的謠言，可是因為謠言的對象太受注目，才吸引到這麼多看戲的觀眾。

沒辦法，她們是正值十七歲青春年華的少女，最喜歡的莫過於 talk melon（註26），聽到就在自己班上的校園風雲人物有什麼八卦，自然會掀起話題。

她們繼續小聲聊著。

註26 出自配音員井上喜久子主持之廣播節目「井上喜久子媚惑的 talk melon」。

「不過，本來看雪之下那個樣子，想不到她也是外貌協會呢～」

「嗯嗯，我瞭解。沒什麼交集卻在一起，很明顯就是看對方帥。」

「咦？這樣說的話，葉山不也變成外貌協會？」

「難道不是嗎～」

聊到這裡，她們偷偷發出笑聲，以免不小心被同樣在教室內的葉山等人聽到。真刺耳。

連我都開始心浮氣躁。

她們的窸窸窣窣如同才躺到床上，立刻飛到耳邊嗡嗡作響的蚊子，或是夜晚睡不著覺時，滴滴答答走得格外響亮的秒針。總而言之，聽起來相當不愉快，我忍不住咂一下舌。

連毫無關係的我都覺得快受不了，受謠言影響的當事人更不用說。

根本不瞭解狀況的人只因為有趣，便不負責任地參雜個人推測、願望或嫉妒妄加評論，然後乘著興頭，把話題發展到可笑的地步。

我相信談論這個話題的人，大部分都沒有惡意，純粹是出於好玩。如果當事人一臉認真地否定或要求停止討論，他們八成會說出「只是開個玩笑，別當真嘛」這種話。

隨著現象可見化——不，正是因為瞭解了他們的背景，我才終於明白。

一直以來，雪之下雪乃跟葉山隼人都活在這樣的環境。他們擁有出眾的外貌和傑出的能力，而受到眾人的期待與注目，同時也背負相當的失望與嫉妒。

在青春期的監視社會下，學校有如一座監獄。高知名度的人物往往是大家關注的焦點，其他人即使沒有受到委託，也會基於善意和好奇心，開始監視他們，有時候甚至給予懲罰。這好比日以繼夜地進行史丹佛監獄實驗。大家明明沒有那個義務，卻受到使命感驅使，變得更具攻擊性。

沒有姓名的看守繼續在我的身後閒談。

喀、喀——下一秒，響亮聲音闖了進來，她們的對話戛然而止。

我看向聲音的方向。

三浦翹著腳，不耐煩地用指甲敲著桌面。她面向由比濱等人，側眼往這裡瞪過來。

三浦的外表華麗又工整，光是正面看人便很有魄力；換成側眼時又多出幾分凶相，氣勢更加懾人，恐怖感直逼平常的三倍。太恐怖了！雖然被瞪的人不是我，我還是心虛地別開視線。

坐在三浦前面的葉山對她苦笑。

他們應該沒有聽見那兩個女生的對話。

只不過，現場氣氛清楚說明了一切。

我們無需聽到別人說什麼，光是用肌膚感覺，即可明白現場是否對自己友善。

三浦用一個眼神對那兩個女生傳達敵意，也是這個道理。

兩個女生不好意思再留在教室，連忙起身，從我的旁邊經過，快步走了出去。她們大概是去洗手間繼續討論吧。

「真的很恐怖耶……他們聽到了嗎？」

「不知道……不過，三浦會怎麼想呢——」

「嗯……」

我趴在桌上，假裝沒聽見她們經過身旁時的交談。要是不這麼做，自己很可能忍不住觀察起三浦那群人。

水面掀起的漣漪，早晚會歸於靜止。

但是不要忘記，另外還有蝴蝶效應的存在。

我靜下心來，聆聽風拍打窗戶的聲音，熬過這段休息時光。

× × ×

過了放學時間，風勢並沒有減緩。

從日本海一側延伸過來的潮溼空氣，受到以奧羽為首的山脈阻擋，在此處形成雲層。少了水氣的風越過山頭，來到關東平原，便成為乾燥的落山風。

既寒冷又乾燥的風，持續拍打社辦外靠走廊側的窗戶。

社辦內則是另一個世界。感謝在面前冒著熱氣的紅茶，這裡的空氣溫暖又溼潤。

我喝一口紅茶，讓身心放鬆下來後，開口說道：

「真是的，被葉山那個傢伙大大地打了回票——」

先前一副「包在我身上」的態度，自告奮勇接下任務，結果卻碰了一鼻子灰回來，我不禁感到愧疚。由比濱聽完昨天的事情，泛起苦笑。

「嗯，我想也是這樣。而且隼人同學，心情好像不是很好……這不是你的責任，不用放在心上。」

想不到自己也有被安慰的一天……雪之下也嘆一口氣，跟著微微苦笑。

「我們一開始便不期待，所以沒有什麼好自責的。」

這句話算不算是安慰，似乎有待商榷。但我至少可以從她的語氣，感受到些許溫柔。

可是，接下來的人可就沒這麼好講話。

「算了，是學長的話也沒辦法。」

死學長的話也沒辦法？是我聽錯了嗎？

「喂，妳怎麼又來了？」

我看向一色，她將捧著的紙杯放到桌上，整理好領口，拍拍裙襬，順便撥一下瀏海，然後坐直身體，一本正經地開口：

「今天我有重要的事要來諮詢。」

可惜整理好的領口間，鎖骨不小心探出頭來，飄動的裙襬意圖使人分心，撥過瀏海後，抬起眼睛看過來的模樣更具破壞力。整體而言，她看起來還是不怎麼正經。有那麼一瞬間，我的注意力差點要被吸引過去，後來靠著強大的意志力，才依依不捨地從她身上別開視線。我才不會上這個當！

「如果是學生會的事情，我們再也不幫忙囉。」

「……是喔。」

一色頓時落寞下來，發出低喃。隨後，我依稀聽見小小的咂舌聲。伊呂波啊，這一定是我聽錯了對不對？

這時，在一旁聽著的雪之下輕咳一聲。

「妳今天來的目的，應該不是真的想要我們幫忙吧？」

她的臉上掛著微笑，柔和的話音卻帶有無形壓力。我的背脊竄過一陣寒意，一色也迅速端正坐姿。

「這、這是當然的！剛才只是開玩笑！我們有好好工作！」

「那麼，還有什麼事？」

她的態度讓雪之下忍不住嘆氣。由比濱插進來打圓場。

「她大概也想知道隼人同學選什麼組，特地過來探聽的吧。」

「沒有錯！不愧是結衣學姐！可是啊，這不是唯一的目的喔～」

經雪之下的眼神催促，她一手輕撫下顎，說出自己在想的事情：

「總覺得啊——這幾天去纏葉山學長的女生變多了。」

「纏他？」

「簡單說就是告白。即使告白不成，至少也會確認他是不是真的有女朋友，順便推銷一下自己。」

一色平順地回答由比濱的疑問。

聽到這句話，我想起昨天回去前看見的景象。不過，我當然沒有對她們說出這件事，所以雪之下跟由比濱都把重點放到其他地方。

「確認是什麼意思？」

「那樣推銷得了自己嗎？」

一色見兩人皆露出疑惑的神情，先清清喉嚨，重新坐直身體，然後連人帶椅子轉向我。

她吐出一口燥熱的氣，認真地盯著我的臉。

「學長……你現在有沒有……交往的對象？」

她用微微顫抖的聲音，斷斷續續地說道，臉頰也染成紅色。從過長的袖口伸出的手腕，潔白纖細得教我驚訝。她一副緊張的模樣，用那隻手握住胸前的蝴蝶結。我可以從制服上的皺紋，感受到她真切的心情。

更別提那水汪汪、瞳孔如風中殘燭般搖曳的雙眼。

這招來得太出其不意，心跳速度頓時飆升。我深吸一口氣，讓自己鎮靜下來。

「沒有……」

我好不容易用嘶啞的聲音，擠出這兩個字。

剎那間，整間社辦的聲音都被抽乾。

不只是我，雪之下跟由比濱也緊閉嘴巴，三個人都不發一語。過了一會兒，一色露出小惡魔般的笑容。

「你看，就是這樣。有沒有感覺到？」

「那、那是說話方式的問題啦！對不對，自閉男？」

……不。被這種自我推銷的方式電到，的確不是不可能……嗯。好啦，我承認剛才的確被電到了。幹得不錯嘛，一色。

「自閉男？」

聽到由比濱的聲音，我把頭轉過去，只見那兩個女生露出白眼。

「……你為什麼不說話？」

雪之下的笑容好恐怖，拜託別再那樣笑了！

「總、總之……對啦，我已經瞭解葉山的狀況了。嗯，非常瞭解。」

確認謠言是否屬實，有機會的話直接賭一把對他告白。即使沒有告白，也能縮短雙方的距離……原來是這個樣子。

這種感覺像是過去被認為不可能攻略的角色，在新推出的資料片裡新增劇情、開放路線……或者說是在 fan disc 追加你儂我儂的超甜劇情？

不管哪一種，這都可以算是謠言造成的影響。

「那麼，妳要找我們諮詢什麼？」

一色挺起胸脯，發出「哼哼——」的笑聲。

「我想知道怎麼甩開其他對手！」

「喔……」

事情發展至此，仍然沒有死心，也算很有膽識，我對她是半佩服半無奈半不關心。咦，這樣加起來不是變成一．五？

一色將我的反應解讀為「瞭解」，於是不等在場其他人開口，逕自滔滔不絕地說下去：

「只要換個想法，不難發現目前這個狀況正是大好機會。一般來說，大家告白失敗的話，不是會當場放棄嗎？葉山學長好像也厭倦那麼多人向他告白，所以我有可能成為某方面而言最安全的伏兵——啊不是，是帶給他豐潤的療癒喔！」

從她會硬凹的方式看來，恐怕很困難……而且，什麼叫做豐潤的療癒啦！根本聽不懂，她長得也沒有特別豐潤。一色的魅力應該在於散發年幼感的嬌嫩氣息……啊，話題怎麼扯遠了？我完全不在乎她有沒有機會追到葉山，難怪聽著聽著便不小心恍神。

我看向雪之下跟由比濱，確認她們有沒有認真聽。結果，那兩個人聽得相當專心。

「安全……」

「伏兵……」

她們低聲複誦聽到的字眼，滿臉認真地看著一色。而且因為太過認真，社辦內的溫度好像一口氣掉了許多……真是平靜不下來（註27）！

一色本人望著窗外，所以沒察覺到兩人的視線。出現在她視線前方的，八成是正在進行社團活動的足球社。

「所以我在想，要不要約他出去玩一下，當做轉換心情……」

夕陽灑在一色的臉龐。從側面看過去，好像有幾分憂鬱與沉穩。

雖然一色嘴巴上說得輕鬆，她其實也有顧慮到葉山的心情。

什麼嘛，想不到她也懂得思考。只要展現這一點，大部分的男生肯定都會動心不是……

「這個點子不錯啊。」

我的嘴角不禁揚起，一色的表情也亮了起來。

「沒錯吧！所以我要來問的，就是可以去什麼地方～」

「不對吧，這種事情妳不是比我們更瞭解？」

妳絕對搞錯諮詢對象了吧？由比濱可以跟朋友打聽消息，是還有辦法沒錯，但我跟雪之下很明顯不屬於喜歡到處玩的人啊……不過，一色不滿意我的回答，把臉頰漲得鼓鼓的。

註27《偶像學園》角色霧矢葵的口頭禪。

「我想得到的地方都試過了！所以才要徵求不一樣的方式。」

「這樣啊……」

這個人的行動力真不簡單。她果然是東京小子派來的沒錯吧？

斜對面的由比濱伸出食指抵住下顎，向一色詢問：

「也就是說，妳想要我們幫忙思考不用考慮太多，又能玩得愉快的地方？」

「說得白話點，的確是這個意思。」

一色點頭表示沒錯，雪之下輕輕地嘆一口氣，泛起微笑。

「……嗯，這樣也不錯。」

她此刻展現的態度，比平常多添一層大姐姐的感覺。一色也覺得這樣的她更容易親近，「啊哈」地笑了一下。

「謝謝學姐！那麼，學長有什麼想法？」

「這個問我也沒用啊……」

說到理想的約會地點，我一點概念也沒有。何不先去得士尼樂園之類，大家公認的約會聖地——但我又馬上想到，對一個不久前才在那裡被甩的人來說，絕對不是一個好選擇……

再說，我也不瞭解葉山的喜好。不過，按照那種人的個性，不管跟他去哪裡或是做什麼，他應該都會表現得樂在其中的樣子。雖然心裡究竟覺得如何，又是另外一回事。

這時，由比濱把座位往前挪。

「你覺得，什麼樣的地方不錯？可以做為，參考……」

「我想到的東西根本不能做為他的參考吧。」

雪之下也輕笑一下。

「是啊，他們兩個可是完全相反的人。」

「對吧？」

「我完全同意。」

她的話中好像帶著一些嘲笑，但我沒有特別覺得不高興。

因為我跟葉山確實屬於完全相反的性格。而且我自認性能與條件也很不錯，雖然遠遠比不上葉山……最重要的一點，我這種自以為有多厲害的小咖樣，說不定就是跟葉山恰恰相反的原因。

唉，真是的。該怎麼說呢，這種不過嘍囉等級的小咖……可是，女生不是也喜歡一些零零碎碎的小東西嗎？所以我搞不好意外地受她們歡迎喔！要正向思考！

胡思亂想到一半，雪之下清了清喉嚨，將臉別向一旁，連珠炮似的說道：

「……但也因為正好相反，才有參考的價值。找出完全相反的意見再反其道而行，不也可以說是正確答案？反對的相反是贊成，就是這個意思。」

「相反的東西再反過來，不見得一定是真理吧……」

難道妳不覺得自己的理論很有問題？會說反對的相反是贊成這種話的，只有天才妙老爹好不好——我正想反駁回去，卻見她跟由比濱露出認真的眼神，等待我的回答。

我說，被妳們那樣盯著猛瞧，我會想起一堆不願想起的事情，所以別再那樣看了好嗎？

「……我想想看。」

我小心翼翼地挪開視線，勉強先給出這個答覆。緊接著，我好像聽見有人「唉」地無奈嘆氣，另外又有人不太高興地「哼」了一聲。

「那麼，請學長好好思考喔～」

一色露出燦爛的笑容。

說真的，被她這樣拜託，我也很為難。我已經快要為自己的事忙不過來，實在沒有餘力再幫她思考。可以的話，我甚至想反過來請她幫忙……算了，這件事之後再找時間想想看。

總而言之，一色對葉山的態度多少有所改變，可能也是謠言的關係。葉山周遭的環境，確實正在改變著。

那麼，另一個同樣被捲入謠言的人又如何？

「……對了，雪之下，妳那邊的情況怎麼樣？有沒有因為謠言而出現什麼變化？」

「我嗎？還好。我們教室那裡本來就很少有其他學生靠近。」

有道理。雪之下的國際教養科是J班，教室位於最盡頭，班上的女生比例又高達九成，自然形成一種獨特的氣氛，使其他班級的學生不太會主動接近。以這層意義而言，她的情況可能沒有葉山那麼糟。

話雖如此，這也不代表雪之下沒有受到任何影響。

她短嘆一口氣。

「不過，感覺是有人在私底下討論什麼。但這種事情從以前開始就不罕見，所以我也無法確定。」

「我能夠體會。太過顯眼的話，常會被人在私底下說三道四。」

不不不，一色妳錯了。妳的情況好像不太一樣……

雪之下對一色輕輕一笑，點個頭後小聲補充：

「……至少，這次不像以前那麼嚴重。」

「以前」兩個字停留在我的耳畔，久久揮之不去。

那是我不可能知道的過去，或是她未曾提起的過去，亦是跟「他」有關的過去。

可是，自己該不該問？即使要問，也絕對不能挑這種有外人在場的時候。更何況，我是否擁有這樣的權利，探究對方從不提起的事情？

我懷抱不確定，正要張開嘴巴時——

叩、叩——外面有人敲幾下社辦的門，所有人反射性地看過去，我也因此錯過開口的時機。

門外的人不等我們回應，直接大剌剌地把門拉開。

「……現在有空嗎？」

來者是三浦優美子。她站在門口，帶著怒氣問道，用銳利的視線掃視社辦一圈，微卷的金髮不高興地晃來晃去。

「優美子，妳怎麼來了？」

「……有一點事。」

「是喔。總之，先進來吧。」

由比濱回應後，三浦點一下頭，踏入社辦。她瞥見一色，立刻顯露狐疑的表情。

「啊，我也待得差不多了。學生會那裡還有工作。」

一色很識相地迅速離開社辦。

「下次見囉～」

她小聲道別，輕輕拉上大門後，由比濱請三浦入座。我、由比濱跟雪之下坐在同一邊，跟三浦面對面。

「是不是關於那封信？」

「不是……是有關沒錯。」

三浦一副難以啟齒的模樣，好不容易回答後，立刻把臉別到一旁。隨後，她重重地嘆一口氣，露出銳利的目光，對雪之下質問。

「……我說妳啊，跟隼人到底是什麼關係？」

她的語氣也很強烈。

我已經可以確定，三浦是要問謠言的事。不只是班上同學，現在全校學生都在傳葉山跟雪之下交往的謠言。

社團重新運作的第一天，出現一色這個不速之客時，我們便應該料想到，之後可能還有其他女生直接來向雪之下求證。

全校最接近葉山的女生，說不定就是三浦。既然如此，她當然不可能覺得無所謂。

她的眼中燃燒著火焰，雪之下則淡然以對。

「沒有什麼關係，只是舊識。」

三浦銳利的目光並未就此鬆懈。

「真的嗎？」

雪之下不耐煩地嘆一口氣。

「我說這個謊，難道有什麼好處？這種事情我早就受夠了。」

「啥？妳是什麼意思？很火大耶。我真的很討厭妳這一點。」

「優美子！」

由比濱大聲發出譴責，三浦嚇得肩膀顫了一下，怯生生地把頭轉過去。

她生氣地噘起嘴巴，把先前在教室裡說過的話重複一遍。

「那件事我不是說過了嗎？我們真的只是碰巧遇到，之後什麼事情都沒有發生。」

「……只是那樣的話，隼人才不會那麼在意。他從來沒有像這個樣子過。」

三浦像是在鬧情緒，跟平時強悍的態度大不相同。她低垂下頭，咬住嘴脣。

在這間學校裡，跟葉山最親近的人，想必非三浦莫屬。雖然我不知道他們認識多久，至少從升上二年級到現在，關係應該是越來越緊密。

正因為如此，在三浦眼中，葉山的異常變得特別明顯。她瞭解葉山的程度，絕對遠遠在我之上。

然而，即使是跟葉山如此親近的人，依然有不知道的事情。

在這個空間中，知道三浦所不知道的，唯有雪之下一人。

雪之下撥開肩上的長髮，冷冷地開口：

「他在意的不會是我，應該是其他事情。」

「妳敢確定……妳敢確定嗎？搞不好這只是妳自己的想法啊！我又不可能知道隼人怎麼想……」

三浦垂下肩膀，用指尖撥弄頭髮，瞄一眼雪之下。

「……你們，發生過什麼吧？我不是說現在的事情……而是，以前。」

她斷斷續續地說著。

這是我曾經考慮過，後來還是排除掉的可能。

雪之下不會說謊。但是，她有可能不說出真話，或是說明得不充分、用迂迴的方式帶過。這一點我很清楚。

那麼，葉山隼人又是如何？我完全不懂他的感受，無法掌握他內心的想法，也懶得知道這些事情。

一直以來，我都相信他們之間發生過什麼事，但又刻意不去思考。

如今，三浦打算觸及這個領域。

雪之下用一口嘆息輕輕迴避。

「……即使發生過什麼，我現在一五一十地告訴妳，改變得了現狀嗎？而且，妳跟周圍的人又會相信？」

她的一連串質問讓三浦說不出話，但三浦還是緊緊抓著衣襬，努力地想回答出所以然。然而，她的嘴唇顫動好一會兒，遲遲發不出聲音。

雪之下見了，再度輕聲嘆一口氣。

「所以，妳問這個毫無意義。」

不論是說明或辯解、對話本身都無法構成意義。

有個辭彙叫做「眾愚」。如同字面上的意思，當人聚集成群，集體智商會隨之降低。即便是再優秀的人——不，應該說越是優秀的人，一旦身陷這樣的群體內，越可能被多數暴力壓垮。在那樣的環境下，個人意志、資質、性格，乃至於感情，都會被拋諸腦後。

這就是雪之下雪乃體會到，別人對自己的不解。

只看自己想看的事物，只聽自己想聽的聲音，真正想說的話卻說不出口——我們所處的社會，正是這樣的環境。

可是，三浦不一樣。

「妳這一點真的很——」

她的語氣激動、充滿確切的情感。

「優、優美子！」

三浦猛然站起身，由比濱被她的反應嚇到，開口制止時已經來不及，我也趕緊站起。但是，現在的三浦眼裡除了雪之下，再也沒有其他人，她踩著大步，筆直走過去。

「老是擺出那種態度，到底是怎樣！」

她用力伸出手，要攫住雪之下。

然而，那隻手並沒有接觸到對方。

雪之下倏地起身，擋下伸到自己胸口的手，冷冷地看著她。

「……」

「真不巧，我已經很習慣別人來找麻煩……不過，妳是第一個真的出手的人。」

一邊是燥熱的氣息，一邊是冰冷的聲音，兩個人互相瞪視。三浦的呼吸逐漸急促，如同忍耐著什麼，雪之下則是深深地吐一口氣。

「妳還有什麼想說的？或者說，還想要繼續？」

相對於不再激動的三浦，雪之下的感情逐漸掀起波瀾，彷彿從對方的視線和握住的手接收到熱能。

她泛起挑釁般的刻薄笑意——啊啊，露出那種表情時，簡直就是陽乃的翻版。現在明明不是想這種事的時候。

而且，那也不是讓人想要久看的笑容。

「夠了。妳們都先回位子坐好。」

雪之下尚未放開三浦，於是我輕拍一下她的手。儘管心中猶豫過這樣觸碰恰不恰當，現在的她變得好戰起來，與其用嘴巴勸說，這種做法還比較有效率。

觸碰到的剎那，雪之下用同樣銳利的眼神看過來，但她隨即鬆開三浦的手。三浦無力地垂著被放開的手，往後退一步。

我迅速填補騰出的空間，將兩個人隔開，並且用手示意三浦坐回去。接下來的部分，交給由比濱接手。

三浦仍然帶著憤恨的眼神，用力瞪著雪之下。由比濱輕拍她的肩膀，帶她回到原本的座位。

「先冷靜下來……好不好？」

我看著那兩人，同時挪動自己的椅子，以便待會兒有必要的話，可以隨時擋到三浦和雪之下之間。

「妳還好吧？」

「嗯。我不是說過，自己已經很習慣這種事。」

雪之下握起先前抓著三浦的手，對我露出苦笑，原本散發的攻擊性情感也完全消退。

「小雪乃……」

「所以，現在我也不會特別放在心上……只要跟自己親近的人理解，對我來說便相當足夠。」

由比濱仍然放心不下，雪之下對她柔柔一笑，再次輕撫抓住三浦的手，坐回自己的位子。現場歸於平和後，由比濱才鬆了口氣，跟著回到自己的座位。

三浦不發一語，瞇細雙眼看著她們，彷彿看著什麼耀眼之物。

接著，她略微噘起嘴唇，低聲嘟噥：

「……那不是想也知道……所以我才說啊。」

「咦？」

由比濱問回去，她馬上別開視線。

「就是，親近的人啦……為了成為跟他親近的人，我才想知道啊。」

三浦一副難為情的樣子，用含糊的聲音補充，又摸了摸自己的頭髮，悶悶不樂地扭頭望向窗外景色。

——我懂了，原來如此。

她的那番話沒有半點說給任何人的意思，但我在不經意間聽懂了——說得正確些，比較接近產生共鳴。

長期以來得不到他人理解的，並非只有雪之下。

經歷過相同過往的他，想必也是如此。

只有一方被曲解或誤會的情形，是不可能發生的。另一方想必也沒得到該有的理解。

「三浦，妳真正想知道的，才不是什麼過往……」

我的聲音大概摻雜了幾分驚訝。

三浦聞言，用力地瞪過來。然而，她此刻的雙眼缺少以往的魄力。取而代之的，是閃爍的淚光。

她真正想知道的，根本不是對方有什麼樣的過去，更不是未來打算走哪一條路。

──他到底在想什麼，又抱持什麼樣的心情？

她純粹想知道對方的感受。

也就是「想要理解」。

「我、我只是，該怎麼說……有點希望，像現在這樣大家待在一起的時間，再多一點……」

三浦略顯焦急地把話一口氣傾吐出來，但後面越來越無力，再也說不下去，肩膀也漸漸失去力氣。

「最近感覺，跟隼人，有些距離……他好像會就這樣離開我。」

她望著教室內的一個角落，用細微的聲音吐露。

我不知道她口中的「最近」是從什麼時候開始。不過，葉山隼人所處的環境，確實一點一點地轉變中。

一色向他告白，前些日子跟其他學校的女生出遊，現在又出現跟雪之下交往的謠言……

他從來沒有傳過緋聞。說得更正確些，是他主動跟那些事情畫清界線。不過最近，這個平衡開始瓦解。

在彼此間出現距離的當下，分班問題浮上檯面。所以她很確定，在不久的將來，自己將失去現在跟大家的關係。

她明顯感受到分別，以及距離感。

「我也……這樣很奇怪。可是，人家……已經不知道了啦……」

三浦的話語片片斷斷，由比濱起身走到她身旁，蹲下身體，輕輕執起她的手。

「不，一點都不奇怪喔。會想要在一起，不是很理所當然嗎？」

她輕聲這麼說道。三浦聽了，重重地吐一口氣，低下頭，又發出微弱的氣息，以免自己哽咽起來。

三浦一定明白現在的關係不可能永遠維持下去，瞭解自己所想像的未來不可能成真，也知道說出口將有毀壞殆盡之虞。儘管如此，她仍舊不想失去。

因此，為了留住葉山隼人，為了保住他周圍的環境，以及他期望的存在樣貌，她希望自己至少能留在他的身邊，跟他待在一起。

她寄的電子郵件看似簡短、不帶任何感情，但那其實是她唯一能做的小小抵抗。短短的一行字裡，蘊含著她強烈的意念與願望。

也因為如此，我有地方不太理解。

我大大地嘆一口氣，對三浦開口：

「可是啊，葉山不肯說出口，就代表不想讓妳知道啊。搞不好他已經討厭妳囉。」

「喂，你怎麼——」

「比企谷同學……」

由比濱出言責備，雪之下也不解地看過來。

我也知道自己這樣說，像是在刻意找三浦麻煩，但我還是要先釐清這個問題。三浦究竟有沒有做好覺悟，並非我想知道的重點。老實說，我對此一點興趣也沒有。

我不確定的地方，在於當對方不希望外人深究時，執意深究下去是否正確。現在的我開始認為，即使雙方不特地接觸，也能建立、維持彼此的關聯性。

這即為我提出疑問的理由。

「就算這樣，妳也想知道嗎？」

我要向三浦確認，即便冒著被討厭、被疏遠、被認為厚顏無恥、甚至傷害到對方的風險，她是否也不惜跨越對方畫下的底線。

對此，三浦沒有一絲猶豫。

她淚眼汪汪地直視過來，用力握緊拳頭。

「就算這樣……我還是想知道……沒有其他辦法了。」

她用顫抖的聲音，堅定地說道。

三浦心中，想必一直存在著想知道、想瞭解對方的念頭。而今，這樣的念頭伴隨淚水湧了出來。她咬緊牙根，努力地把抽泣聲吞回去。

即使明白那是無法實現的願望，依然奮力抵抗，不死心地持續追求——這樣的三浦，像極了某個人。

「瞭解了。我會想辦法。」

所以，我也改變態度，立刻答應。

由比濱跟雪之下聽了，不禁顯露訝異。

「……你有什麼辦法？」

「動用任何手段逼他說出來。再不然，我們自己去調查。」

「假設真的得到答案，也沒辦法保證百分之百正確吧？」

「是啊……所以，之後只能靠推測。」

而且，這樣可能還是不夠。

葉山用大道理為自己設下防線，說什麼也不肯透露自己選擇哪一組。我們首先得瞭解的，是他這麼做的動機。為了找出其中原因，得採取一連串的手段。不過，這個部分可以留到之後再思考。

現在最重要的，還是確認三浦本人的意志。

「不管得到什麼樣的答案，都無法保證百分之百正確……如果能夠接受，我們會想辦法。」

我再強調一次，由比濱也凝視三浦，輕聲對她詢問：

「優美子，這樣能接受嗎？」

「……嗯。」

三浦像小孩子似的應聲，接著擤一下鼻子，用袖口抹掉眼角的淚水。但是她抹得太過頭，眼睛周圍花得跟貓熊一樣。

看到三浦的妝糊成那樣，我第一次覺得，這個人也滿可愛的。

5 直到那天來臨，戶塚彩加會持續等待

三浦造訪社辦的隔天，是個晴朗的日子。

我在外面緩步走著，準備去上體育課。頭頂上的天空相當耀眼，看來入夜之後，會因為輻射冷卻效應而大幅降溫。

對要跑耐力跑的日子而言，萬里無雲的晴朗天氣無疑是個好消息。再說，到了晚上，我也只是窩在家裡，外面再冷對自己都沒有影響。

校園內聚集了三個班級的學生。耐力跑不同於其他體育課程，不需要男女生分開進行。雖然兩邊的路程不同，總歸來說，都是跑步。

所有人在操場整好隊伍後，我在某個女生團體內發現三浦。

今天從早上開始，三浦便刻意不跟我對上視線。不論是上課或下課時間，她都只是撐著臉頰，把臉別向不同地方。每次下課，由比濱跟海老名總會靠過去，對她

說很多話。

一直盯著看也不太好，所以我不清楚她們到底談了什麼。從外表上看來，她至少比昨天平和許多。

關於昨天的後續，為了讓三浦冷靜下來，我先一步離開社辦。要是我這個跟她關係薄弱的男生一直待著，她的心情不可能好起來。

所以，我不曉得她們是否又談了什麼。想到三浦哭哭啼啼的模樣，便很難想像她之後還有辦法好好地對答。

話說回來，想不到那個人其實滿軟弱的。暑假的時候，她好像也被雪之下徹底駁倒，哭得一把鼻涕一把眼淚……

不過，三浦軟弱歸軟弱，內心倒是很堅強。

我還是想知道——這句話仍然在耳邊迴盪著。

在整隊的過程中，我看著排在前面的人。

——葉山隼人。

葉山正在跟戶部他們談笑，沒察覺到我的視線。

另一種可能，是他知道我在看他，然後像對待其他眾多事物一樣，故意裝傻。

他不肯向任何人透露選擇的組別，究竟是為什麼？與其執著於「文組」或「理組」的最終答案，找出他說什麼也不願意回答的理由，自己推敲出答案可能還比較簡單。

思考到這裡，體育老師厚木的點名告一段落。

「好。現在，你們自己去找喜歡的人暖身！」

他大聲說道，所有人兩兩形成一組，開始熱身運動。

不妨利用這個機會，找個跟葉山親近的人，看看能否打聽到什麼消息。

那麼，要找誰好呢？

整間總武高中內，恐怕再也找不到比三浦更瞭解葉山的人。單純以距離關係論，三浦那群人跟葉山最親近，她本人又總是在身邊看著他。想找到更理想的人選，恐怕不太可能。

既然如此，便得換個方向思考。尋找跟葉山的交情不錯，又擁有相似屬性的人，聽聽他的說法，藉以重現葉山的思考模式，或許也是一種辦法。例如跟葉山一樣擔任運動型社團社長的戶塚、跟葉山是同班同學的戶塚、念同一所學校的戶塚，以及同樣是男生……嗎我其實不是很確定的戶塚，以及不管怎麼樣就算沒有什麼理由也要選的戶塚。

好——今天去找戶塚做熱身運動吧！我懷著雀躍的心環視四周，搜尋他的身影。沒有多久，背後便傳來呼喚。

「八幡——」

我下意識地迅速轉身，立即跟對方對上視線。

結果，出現的是踩著笨重步伐，滿臉笑容朝我揮手的材木座。他為什麼那麼高興……

「八幡——我們來熱身運動吧——」

「喔……那你也別說得好像要約我去打棒球……而且很可惜，今天我已經要跟別人——」

材木座絲毫沒有聽我說話，還自顧自地裝模作樣。

「對了，雖然是老師要求跟喜歡的人一起暖身，但我才不是因為這樣才來找你的喔！你、你可不要誤會！」

「你的臉頰是在紅什麼……還有不要別開視線，噁心死了……」

我別開視線，看向其他地方，葉山戶部那四人組已經兩兩開始暖身——啊啊啊！戶塚也找好其他同伴了！虧我還想拿熱身運動當理由，幫他把關節弄柔軟的說……

「沒辦法了……」

我只好死了這條心，挑材木座當暖身運動的同伴。我伸展身體，緩解僵硬的肌肉，然後讓材木座坐到地面，幫他伸展背部。

不過，光只是這樣拉拉筋，也沒有什麼意義。這種時候，便要好好發揮我觀察人類的技能。

我側眼瞥向葉山那裡，但由於中間隔了一段距離，沒辦法看得很清楚，只知道他們個個帶著爽朗的笑容，聊得很開心的樣子。

為了聽到他們的聊天內容，必須靠近一些……

於是，我大大地往前傾，幾乎把全身的重量都壓到材木座身上。

「痛痛痛痛痛痛！咿呀！」

我聽到材木座的哀號，才注意到自己把他的背彎成什麼樣子，趕緊移開身體。

下一秒，材木座像彈簧般往回彈，整個人朝天倒下，不停地抽搐。

相較於葉山那邊歡笑聲不斷，這裡沒有半點愉悅的氣息，我不禁苦笑一下。材木座見了，投來責備的眼神。

「喂，別鬧了。幹麼跟那個傢伙比較？」

「嗯？啊，抱歉。」

「跟那種人比較只會讓自己顯得更悽慘。別忘了他可是又帥又聰明又會運動還記得我的名字的好人，所以我說八幡，你真的不用在那邊自作賤。」

「咦，原來你是在說我？」

我還以為材木座是要我別把他跟葉山相提並論。

不過，兩個人簡直天差地遠，反而讓我興起比較看看的念頭。

「對了，你打算選哪一組？」

因為剛好相反，才有參考的價值——雪之下不久前說過的話，閃過我的腦海。

於是，我決定試試看。

「哼嗯？」材木座繼續躺在地上，扭過頭來說：

「我嗎？我選理組。」

「那張臉是什麼意思？有什麼話就說出來啊。」

「啥？」

「沒有，只是以為你一定會選文組。要當輕小說作家的話，不是念文組比較吃香嗎？」

「唉，你太天真了。滴、滴、滴……」

看材木座裝模作樣地搖指咂舌，我好想揍他一拳……不過，他再那樣滴下去，會不會發生大爆炸？

「文科知識屬於我的興趣範圍，不用特別上課也能自行吸收。問題在於沒有興趣的科目，若沒有強制力在背後驅使，便很難吸收為自己的知識。」

「……這、這樣啊。我第一次覺得你好認真……」

材木座的發言太有道理，有那麼一瞬間，我真的感動起來。

可是，不垃圾的材木座，根本稱不上真正的材木座……我所認識的材木座，應該會用盡各種藉口合理化自己的行為，說什麼也不肯看清現實環境，最後溺死在名為理想的深淵……往後的人生，我會好好珍惜活在自己心中的材木座的。嗚呼，永別了～

我默默地揮別真正的材木座。接著，他爬起身體，拍掉身上的泥土。

「不過，我也不擅長數理科目就是……」

「那你考大學會很辛苦喔。」

「唔嗯。但是……跟數理科目比起來，在下更不擅長跟女生相處……」

材木座望向遠方，淡淡地說道。他的話音聽起來，彷彿頓悟了什麼，達到無我的境界，泰然自若的程度，讓我連怎麼搭話都不知道。後來，是他主動繼續開口。

「分去理組班級才能過得快活。女生少的話，在教室裡比較不會有壓力。而且，會選理組的女生，一定都很成熟。」

「成不成熟我是不知道……不過，原來還可以這樣思考……」

一語驚醒夢中人。選擇理組班級的話，由於男生比例高達八成，接觸到女生的機會自然大幅降低。

材木座，我開始相信你了──才剛這麼想，他的眼神突然凶暴起來。

「哈！私立文科志願的女生算什麼？她們的數學老師常常請假，偏差值跟ＩＱ想跟我比，再等個一百年吧！讓那些傢伙整天去猜作者的內心世界就好囉！」

說到這裡，材木座還相當不屑地「呸」了一聲。嗯，從明顯的偏見跟歧視看來，果然是活在上個世代的威權主義者。跟他說話真是讓人放心……不愧是材木座，千錯萬錯都是別人的錯！

可是啊，我還是得先提醒你，知道「什麼什麼也能賽貂蟬」的意思的話，應該不難理解理組女生為什麼容易成為宅宅們的小公主。整天跟男生泡在一起的女生，逐漸產生自己是公主的錯覺，並不是什麼稀奇的事。這有如在王子的一吻下甦醒過來的公主細胞（註28），讓原本很正常的女生轉變為理系女子……

儘管材木座選擇理組的理由教人遺憾，至少他最先提到的部分肯定是真的。本來以為他只是個腦袋空空的傢伙，想不到其實也會認真思考事情。

「好吧。理組很辛苦喔，你自己加油吧。」

「唔嗯。用不著你告訴我。在下可不想要在大學考試落榜，明年當你的學弟喔。忍忍。」

「你考得上再說吧。」

我們迅速做完剩下的柔軟運動，起身走向耐力跑的起跑處。多數男生已聚集於此，所以我們排到相當後面。

這時，材木座豎起拇指，比了比自己。

「八幡……陪我跑個一圈吧（註29）！」

「才不要。」

又不是女生，幹麼連跑步都要在一起？

厚木老師拿起馬表，吹響哨音。前排的學生依序出發，我們排在後面的人也慢慢跑了起來。

我看看前面，再看看四周，發現大家都不是跑得很認真。想想也有道理。今天

註28　影射日本細胞生物學家小保方晴子宣稱發現STAP細胞，遭質疑造假一事。
註29　出自《假面騎士Drive》角色泊進之介臺詞。

不過是上體育課，當然不會有人用全力跑。

再說，現在是第四堂課，跑完後馬上要吃午餐。要是因為耐力跑而耗盡體力，吃過午餐後，下午的第一堂課鐵定會直接睡死。上完體育課累得要命，吃飽飯之後繼續在暖烘烘的教室裡上課，怎麼可能不昏昏欲睡？不過我也承認，即使今天沒有耐力跑，下午的課我也照睡不誤。

我們懶洋洋地跟在隊伍最後頭，但是起跑後沒幾分鐘，材木座還是開始脫隊。受不了，先前還在那裡大言不慚地說「你有辦法追上我嗎」……

「唔、可惡……重加速現象……難、難道是混濁（註30）……」

「不管你啦。」

我拋下材木座，咻～地滑進前面的隊伍。當某人要求陪他耐力跑時，在中途把對方甩掉是國際禮儀。所有小孩子都是從這種經驗當中，學會「不能輕易相信別人」的道理。

×　×　×

我孤單地一直跑、一直跑、一直跑，總算過了一半的路程。HEKE！啊，不

註30《假面騎士Drive》內發生之現象，周遭事物的流動速度緩慢下來，身體活動同樣受到阻礙。又稱為「混濁」。

對，那是哈姆太郎的叫聲。咳咳！

體育課的耐力跑其實就是繞著學校外圍跑。嗚嗚嗚……再這樣繞下去，都要變成奶油了啦（註31）……

如此這般，我一路上胡思亂想有的沒的東西打發時間，好不容易追上中段組。好在平常有騎腳踏車上下學的習慣，體力至少還能維持在平均水準。

雖然說這裡是中段組，除了最前頭的領先組，以及想要趕快跑完早點休息的人，大家幾乎都沒有用全力跑，所以這裡其實也應該算後段組。

來到這個區域，我發現戶部等人的身影。

運動型社團平常便習慣跑步鍛鍊身體，不管怎麼想，他們都不可能落在這個區塊。唯一說得通的解釋，就是他們同樣沒有認真跑。

那群人邊跑邊聊天，還不時拍拍肩膀、輕敲對方的頭，或者不知為何突然向前衝刺，好一幅溫馨的光景，讓人看了不禁泛起淺笑。如果我是綁雙辮子的班長，一定會忍不住對他們說「喂～男生認真跑啦～」然後被反嗆「吵死了，醜八怪！」而哭哭啼啼。最後，在放學前的班會上，那幾個男生將受到眾人圍剿。他們真的應該好好感謝我不是綁雙辮子的美少女班長。

實際上，我也只看到戶部、大岡、大和三人組打鬧，沒發現葉山的蹤影。好機會。

註31 出自英國童話《小黑桑波》之內容。

我正好有事情想問問他們。

三個大笨蛋的森巴嘉年華（註32）還沒結束，他們繼續弄來弄去，我也在後方繼續緊緊盯著。可是，不停下來的話，根本找不到切入的時間點——騙人！八幡竟然對自己說謊了！就算他們停下來用走的，這個人照樣沒辦法加入對話！

何況，一路上又沒有紅綠燈，這下該怎麼辦……我像炸彈岩一樣，持續觀察現場狀況（註33），終於等到戶部停下腳步。

「你們先跑，不用等我——」

他對大岡跟大和說道，隨即蹲下身體，繫好鬆脫的鞋帶。

天助我也！最好講話的人竟然奇蹟似的獨自留下來！

「我問你——」

「唔喔！」

我從背後對戶部出聲，他立刻反射性地往前翻滾一圈，接著把頭轉過來。

「什麼啊，原來是你~在的話出個聲好不好，是要嚇死人嗎~」

再怎麼樣，你的反應也太激烈了吧……總之，暫且把戶部的抱怨丟到一旁，趕快進入正題比較重要。

「葉山沒跟你們一起跑？」

註32　三個大笨蛋原文為「三馬鹿」，發音同「森巴嘉年華」之前半。

註33　遊戲《勇者鬥惡龍》系列登場之怪物，除非受到一定程度攻擊，否則只會靜觀狀況。

「喔～隼人跑得很前面喔。那傢伙去年跑出冠軍，今年大家也期待他的表現，所以練習得很認真。」

「喔……」

原來還有這麼一回事。我們學校的馬拉松大賽只分男子組跟女子組，葉山是去年冠軍的話，代表當時的二、三年級學生也都輸給他。難怪大家今年同樣期待葉山蟬聯寶座。順帶一提，我的名次沒有什麼好說嘴，名字頂多出現在廣大的「參加獎」人海中。

好啦，這些一點也不重要。

我抬起下顎，指向前方，示意戶部繼續跑。兩個人杵在這裡不動總是不太自然，老師也可能回來巡視。戶部見我開始跑之後，也跟了上來。

兩個人跑了好一陣子，戶部忽然轉過頭，一臉不解我為什麼要跟著他跑。這樣正好，我也希望趕快進入主題。

不過，在我來得及開口前，戶部先「哈——」地舒一口氣，如同卸下心上的大石頭，然後對我露出難為情的笑容。

「哎呀～當時聽到那個謠言時，真是捏了把冷汗呢～明明是不能說的祕密——」

「啊？」

對於這沒頭沒腦的話題，我疑惑地半瞇起眼睛。戶部抹去額頭的汗水，繼續說道：

「隼人不是說過，他喜歡的女生名字是Y開頭嗎？幾乎沒有別人知道這件事。」

「……」

我花了好幾秒鐘，才總算反應過來。隨著關鍵字越來越多，腦海中的記憶逐漸浮現。

那是夏天的某個夜晚。

幽暗的空間內，有個人一直吵個不停，要另外一個人說出喜歡的對象。那個人拗不過他，最後才擠出一個英文字母。

——沒錯，就是在千葉村露營的夜晚。當時，葉山隼人的確說過，他所喜歡的對象，名字裡的第一個字母是Y。

我彷彿失去意識，任憑下半身的兩條腿載著自己往前跑。在這段短暫的時間內，戶部繼續盯著我的表情。

「這件事情千萬不能說出去喔。」

「喔，好……」

明明是他主動說出口的……難不成，這個傢伙其實是國王的理髮師？我又不是任他宣洩祕密的大洞……

「雖然知道不可能，聽到的時候還是會嚇一大跳呢。」

我沒多想什麼，便自然而然地明白戶部這句話的意思。

「……是啊，的確不可能。」

儘管表面上對他表達同意，我還是有點擔心，兩個人是不是在說不同的事。沒差，反正這些都不是重點。我想知道的是其他事情。

然而，戶部似乎還打算繼續聊這件事。為了有效掌握對話主導權，我決定先以小跳躍的程度轉移話題。

「你交出調查表了沒？」

「嗯──還沒。雖然我自己比較想選理組，但大岡跟大和都要去文組的樣子。」

「是喔……那麼，你有沒有問過葉山，他要選什麼組？」

戶部主動提到大岡跟大和的選組，使我得以順暢地直接切入核心。

根據我個人的觀察，男生當中跟葉山最親近的，八成非戶部莫屬。大岡與大和也跟葉山很要好沒錯，可惜在優勢上，還是略遜同屬足球社的戶部一籌。當然了，我也必須強調：以上純粹是由我個人所知得出的結論。誰教我不瞭解葉山的交友狀況。

「他喔──他不肯告訴我，只要我自己決定。」

戶部聽到這個問題，撥了幾下髮際。

「嗯……」

唉，果然跟我想的一樣。既然這個方式行不通，只能另謀其他打聽消息的途徑。要是這種時候，有個跟戶部一樣容易跟人攀談的人，不知該有多好。我抱持跟ＲＰＧ遊戲的村民交談時，意外得到情報的小小期待，試著換一個方式提問。

「你不去找他討論選組的問題嗎？」

「我是跟他商量過啦～但是文組理組各有各的優勢，聽到後來，反而越來越不知道該選什麼組。」

說到這裡，戶部深深地嘆一口氣，跑步速度也明顯慢了下來。想不到他也會為自己的將來感到頭痛。話說回來，葉山給的意見果然很有他的風格，真不知該說是中肯至極，還是很會打太極拳……

「葉山說的也沒錯啦，文組跟理組各有優缺點。你有沒有問他推薦哪一個？」

「他說那樣會影響到我的判斷。」

「原來如此……」

看來葉山是打定主意，絕對不說出口。

事實上，容易受他人意見影響的人，聽到外在形象光鮮亮麗、擁有群眾魅力者提供的意見，更容易想也不想便直接照單全收。因此，像葉山那種中心人物型的角色，必須特別注意自己一言一行可能造成的影響。若單純討論興趣、嗜好、打扮之類的東西，還不至於有什麼問題，然而，選組和人際關係可是會影響到一個人的未來。如果發展出好結果，自然是好事一件；但要是發展出不好的結果，很有可能被對方恨一輩子。輕易將自己的未來交給別人決定者，也會輕易地把責任推給對方。

不過，既然是戶部，便不用擔心他將來會恨葉山才是。

戶部漫不經心地跑著，臉上仍舊是若有所思的表情。過了一會兒，他深深地嘆一口氣，呼出的白霧拉出好長好長的尾巴。

「……不過啊，就像隼人說的啦。」

儘管他的話語有點抽象，從這簡短的幾個字，以及沒有刻意說給誰聽的語氣，我還是聽得出他打從心底這麼認為。由此可見，戶部確實理解葉山那麼回答的用意。

「……你很信任他呢。」

我不禁脫口說道。戶部聽了，訝異地睜圓雙眼。

「沒、沒有啦，跟你說的不太一樣。該怎麼說……隼人那個傢伙，還滿可靠的。」

「信任」這個字眼讓他有些不好意思，原本被凍得發紅的臉頰，在難為情之下又變得更通紅。見他那樣絞盡腦汁，努力尋找其他的替代詞句，我開始覺得自己才是最不好意思的人。所以拜託你，別再擺出那種態度了好不好！

最後，戶部大概是想打破尷尬的氣氛，拍了拍自己的胸脯，得意地說：

「不過我啊，真的受過他超多幫助的。這點我敢保證。」

「這不是什麼好得意的事吧……」

他似乎沒把我的話聽進去，逕自扯著頭髮，發出「唔啊——」的呻吟。

「不行不行，真的欠他太多人情了啦～～」

「記得要還他啊。」

「真的！真的得還他才行……不對，好像也沒有必要。」

他起先跟往常一樣，沒多想什麼便馬上贊成，但是說到後面，卻越來越沒有把握。戶部難得露出嚴肅的表情，讓我心生好奇，用視線催促他說下去。他這才搔搔臉頰，說：

「我常常找他商量事情，但他從來沒跟我商量過什麼……就算隼人真的有什麼煩惱，我大概也不會知道。」

戶部擠出的燦爛笑容，有如一路上不停吹著、不帶一滴水分的乾燥冷風。笑容之下，彷彿藏著些許落寞。

對話在此打住，一陣尷尬頓時籠罩下來。我開始想著該說些什麼時，一個念頭閃過腦海。

「……對啦，說不定是他沒有什麼煩惱，所以不需要跟你商量。」

「說得對！人帥真好！」

「這跟帥不帥無關吧……之前去得士尼樂園時，你不是出手幫了他嗎？他應該也因為你才得以解脫吧。雖然實際上怎麼樣我不清楚。」

「說得對！人帥真好！」

嗯，這次的確跟帥不帥有關係……長得帥也是一種罪。

戶部多少振作起精神，腳步也快了一些。每當冷風吹過，他便一個人嘟噥「好冷、好冷」。

大岡跟大和終於出現在視線前方。那兩個人大概是遲遲等不到戶部追過去，而刻意放慢速度。

「好啦，我先走啦。得趕快追上他們。」

「嗯。」

我簡短回應後，戶部輕輕用手刀道別，隨即衝刺出去。他一邊對大岡跟大和大力揮手，一邊喊他們的名字。「哇，追上來了！」「快跑！」那兩個人聽到，也馬上加速往前跑。

不管是追人的還是被追的，他們開心就好……

只不過，那個團體當中，缺少了某個人的身影。如果那個人無需背負大家的期待，他想必也能跟那群人開心地笑鬧。

思考到這裡，再回想自己剛才不假思索便脫口說出的話，我不禁感到懊悔不已。對方不主動前來商量，代表他沒有煩惱——這種事情用腳想都知道不可能。

× × ×

下課鐘聲宣告午休時間到來。

稍早的體育課上，先跑完耐力跑的人可以先休息，所以我換回制服後，仍然有充分的時間，在人潮湧現前來到販賣部。

我隨意挑選幾個麵包，帶去專屬於自己的老地方享用。這個時節在冷颼颼的戶外吃午餐，固然是一種折磨，無奈暖和的教室內擠滿其他同學，沒有地方供我容身。說得具體一些，這一陣子，我的座位幾乎淪為大家的塑膠袋與雜物堆放處。要是我死皮賴臉地待在那裡，教室裡將少一個垃圾收集場，很不方便。

出於對同學的體貼，我大方讓出自己的座位，轉移陣地至特別大樓一樓，位於保健室旁邊、販賣部斜後方的樓梯。搬到這裡還有一個好處，是可以欣賞整片網球場。

冬季的澄淨空氣中，迴盪著節奏規律的「砰、砰」聲。這是網球社利用午休時間練習的聲音。比賽的日子步步接近，原本中午只有戶塚獨自練習的球場，最近有人數漸漸增加的趨勢。

我一邊嚼麵包，一邊觀看他們練習。正在跟社員對打的戶塚注意到我，立刻向那群人出個聲，然後拿起什麼東西，朝這裡走過來。

「喲。」

「嗯。喲。」

戶塚學我舉起手，略顯難為情地打招呼。

「不用練習嗎？」

「啊，沒關係。我也正準備吃午餐。」

他舉起手上的便當袋給我看，但我還是有種打擾到他練球、過意不去的感覺。

戶塚把自己的事情放在一邊，特地過來陪我吃午餐……糟糕，我們好像發展得太順利，照這樣下去，登上ＬＯＶＥ ＳＴＡＧＥ只是時間早晚的問題……

我把身體往旁邊挪一點，空出空位。戶塚輕聲說「謝謝」後，坐上我空出的位置……呼哈哈哈！搶先製造出空間，讓對方不得不坐上去。連我都忍不住佩服起自己，怎麼想得出這麼高明的技巧！

我瞄一眼正在開便當的戶塚，再看向網球場，其他社員也紛紛休息，開始吃午餐。

「中午來練習的社員增加了呢。」

「嗯，最近有一場新人賽，所以我也邀請他們參加……對了，八幡有興趣的話，要不要跟我們一起打？現在開始練習，還趕得上夏季大賽喔！」

他握起拳頭上下揮動，開玩笑似的對我說道。哎喲討厭～怎麼這麼可愛？老闆不好意思，我要一個戶塚——不對，明明是自己快被戶塚拉進社團。

「嗯……你們一週練習幾次？」

「咦，你是認真的嗎？」

戶塚聽到我這麼回應，立刻把身體向前傾，盯著我的面孔。他柔順的瀏海晃動一下，蓋在底下的雙眼散發調皮的光芒，嘴角的笑意帶著某種魅力。

「不，開玩笑的。」

「我就知道。」

他故意垂下肩膀，露出大失所望的模樣。然後，兩個人不約而同地輕笑起來。

我們都很清楚我不可能真的加入社團，才有辦法像這樣開玩笑。但是啊，他第一次來邀請我的時候，我的確認真考慮過要不要加入喔！

「……不過，感覺你這個社長做得有模有樣呢。」

「我還不像其他社長，能把社員帶得那麼好就是。啊哈哈……」

他半是謙虛、半是真的這麼認為，傷腦筋地笑了笑。事實上，戶塚這位網球社長長時間下來，總是以自己為表率，努力地練習網球。哪怕是嘴巴上講再多的話，都不如這般以身作則的態度，更能打動社員的心。

這才是社長該有的真實樣貌。如果某位社長能稍微向他看齊，不知該有多好……雖然說像她那樣，將平衡拿捏得恰到好處也不錯。

說到社長，我忽然想起自己的任務。

我是為了揣摩葉山的想法，才想來聽聽戶塚的意見。但是一看到戶塚，心裡便產生想跟他說說話的不純動機，再加上材木座的干擾，才把原本的目的忘得一乾二淨……

更何況，我也對戶塚有興趣——不對，是對戶塚選什麼組有興趣。

「戶塚，你要念文組還是理組？」

戶塚露出訝異的眼神，有如從樹林間跳出來的小鹿斑比。

「真難得聽到你問這種問題。」

「會嗎？」

見他的反應那麼意外，我不禁反問回去。接著，他毫不猶豫地告訴我：

「嗯。總覺得你會找別人講話，都是有什麼理由。」

原來是這個意思。仔細想想，好像也滿有道理的。

長年下來，我很少積極地與人交流，所以要跟誰說話之前，大多會先找好契機或理由。要是缺乏這個要素，我便沒辦法順暢地說出自己想說的話。換句話說，獨行俠可是目的意識甚高的有用人才。嗯。

我自顧自地在心中達成結論後，戶塚不直接回答先前的問題，而是反問回來：

「那麼，你呢？」

「我選文組。」

在正常情況下，要是對方丟出另一個問題，以回應我先前提出的問題，他接下來肯定得聽上我又臭又長的說教。可是，現在看到戶塚輕輕把頭歪到一旁，張著水汪汪大眼睛的模樣，我便抗拒不了告訴他答案的誘惑。可惡，今天如果把對象換成一色或小町，我絕對會先好好數落她們一番，再說出自己的答案。真是的～搞了半天還是會說出答案嘛！我這個人也太好了吧！

戶塚放下筷子，抬頭望向天空，彷彿在思考什麼。呼嘯而過的冷風，搔弄著他的秀髮。

「文組啊……那麼，我也選文組好了……」

「喔喔，真的嗎——等等，就這樣決定不太好吧？」

有那麼一瞬間，我的腦海響起戶塚說「我們同一組呢（附帶靦腆笑容）」的聲音，心頭為之躍動，我差點忍不住大喊安可（註34），好在最後忍了下來。

「勸你還是仔細考慮一下……我們都選同一組，好像有點……」

我稍微清清喉嚨，這麼補充道。戶塚食指碰著食指，打量著我的臉。我說……

看到你露出那種表情，何止是一起選擇文組，我甚至想對你說：「以後我們也要躺在同一座墳墓裡喔！」

「我也有在好好思考……我要考的大學，也可以選擇文組科目。」

「這樣啊。現在是有很多大學能選擇報考科目。」

既然有了這個判斷依據，戶塚要選擇文組或理組，說不定真的都沒有關係。除了志願科系的性質，參考該科系開放的報考科目，確實也是一種選擇組別的方法。

以私立大學來說，文科系的考試科目大多是英文、國文、社會，理科系的考試科目則是英文、數學，再加上理科。

到了最近幾年，有些大學科系的招生方式更加多元，開放考生選擇A方式、B方式之類不同的科目組合，即使是文組科系，也有機會以數學和理科成績入學。國公立大學更是不用說，許多大學直接採計入學考試成績，內容至少涵蓋五教科（註35）七科目。也就是說，考生幾乎得準備所有科目。

依照志願科系選擇適合自己的組別，並不是一件難事。然而，這同時也代表背

註34 出自嘻哈樂團 nobodyknows+ 歌曲「ココロオドル」之歌詞。

註35 指國文、數學、英文、理科、社會五大教科。

後存在成千上萬種組合。要從這裡推敲出葉山的選擇，難度可是相當高。

「你打算考哪間大學？」

「嗯……我想去所澤那裡的人類科學或運動科學系。」

「喔──早稻田是吧。」

那可是赫赫有名的學校，連我都相當清楚。只可惜去那裡念大學，等於要被關在所澤整整四年，每天吃埼玉名產十萬石饅頭吃到吐，聽風的說話聲聽到怕……埼玉縣好恐怖……

話說回來，戶塚不惜深入祕境，也要追求自己的目標，這一點著實教人敬佩。反觀我自己，能不離開千葉的話，絕對不會離開千葉，甚至連平常搭的電車，都只選擇總武線區間車。

「你是因為參加網球社，才想念與運動相關的科系？」

如果說報考科目會反應自己該做的事情，志願動機則反應出自己想做的事情。既然如此，這次不妨換個方向思考看看。

我這麼詢問，戶塚不太好意思地搔搔臉頰。

「嗯──也不是因為社團。自己打了這麼久的網球，將來選擇相關科系應該比較好……」

「原來如此……那麼，你沒有想過推薦甄試？」

沒錯。戶塚打了那麼多年的網球，得到一些回饋也不為過。既要維持社團，又得準備升學考試，想必非常辛苦。再加上他的志願科系頗有名氣，要是等到三年級卸任後，才開始認真準備考試，早已落後其他開頭便以相同科系為目標，努力好一段時間的考生不少距離。在我這種人看來，如果最後的目標相同，當然是選擇比較不辛苦的方式比較好。

不過，戶塚並不考慮得失問題，對我的話一笑置之。

「啊哈哈，透過推甄上榜的人只占少數，輪不到我們學校啦。就算有推甄名額，恐怕也不會是有名的學校。」

「這樣啊……」

我的確沒聽過總武高中有什麼特別強的社團。目前唯一想得到的，只有暑假前遇到的柔道社學長。那位學長的確是靠推薦甄選進入大學，但我沒有問是哪一間學校。既然提到那位學長，我順便說一下，我連他的名字都沒有問。更何況，他進入大學後，好像也過得很辛苦，可見推薦甄試不一定是輕鬆入學的管道。

看樣子，還是乖乖參加大學入學考試，直接以成績定勝負最有效率。得出這個結論後，嘴裡塞著蝦仁燒賣的戶塚似乎也想到什麼，拍一下大腿。

「對了，如果是很厲害的選手，說不定能參加名校的 selection，或是個人申請入學。」

「selection……是有聽過這種東西。」

沒記錯的話，在卡片遊戲裡勝過對手三次，即可變成夢幻少女，實現任何不可能達成的願望……不對，那是selector（註36）。簡單來說，把selection想成一種個人技能選拔，便八九不離十。

戶塚對我的反應點點頭，隨後，表情越來越黯淡。

「沒有錯。可是，會從這個管道入學的，都是有職業水準、或是以奧運金牌為目標的選手……我們學校有可能錄取的，大概只有葉山同學吧。」

「……他真的那麼厲害？」

「只是假設啦，實際上一定更困難。」

戶塚吐了吐舌頭，看向操場，亦即足球社固定在放學後練習的地方。

「葉山同學自己申請入學的話，應該比體育推薦資格容易錄取。而且，他還是社團委員會的重要角色。」

個人申請入學，即為所謂的「AO入學考試」對吧……印象中，AO是「白痴也考得上（註37）」的縮寫？我記錯了嗎？總而言之，還有這種入學管道。將這個管道列入考慮後，報考科目跟文理組選擇的相關性更加薄弱。

「那傢伙太強了吧……」

我想不出什麼詞句，只能用最直白的方式抒發感想。

「對啊，什麼事情都難不倒他，人又好。」

註36 指卡片對戰遊戲「戰鬥少女選擇者（selector infected WIXOSS）」。

註37 原文為「アホでもOK」，八幡故意將A解釋為白痴。正確全名為「Admissions Office」。

我以為自己已經掌握那個人有多少能耐。不過，這是我第一次透過社團活動，重新瞭解葉山隼人。戶塚跟葉山一樣，同樣擔任運動型社團的社長，所以能看見我所不知道的另外一面。這時，戶塚拿著筷子的手停在半空中，為難地笑了一下。

「這麼說來……那個謠言，也很不得了呢。」

「喔喔，你說那件事啊……」

果不其然，謠言傳得沸沸揚揚，連戶塚都不可能不知道。

「我一直以為葉山同學喜歡的是三浦同學。所以聽到的當下，感覺滿意外的。而且暑假裡，他又那樣說過……」

在千葉村露營，葉山透露那個字母的夜晚，戶塚同樣在場。將三浦優美子的名字改寫成羅馬拼音，第一個字母也是Y沒錯。

然而，上午在耐力跑遇到戶部時，他絲毫沒有提到三浦。或許正是因為他身處葉山集團，長時間就近觀察那兩個人之後，才很清楚三浦這個人選沒有希望。

——既然三浦被排除在外，「Y」指的又會是誰？

「八幡？你怎麼了？」

聽見戶塚的聲音，我才意識到自己眉頭深鎖。我勉強上下活動眉毛，露出笑容回答他：

「沒有，只是在想葉山究竟喜歡誰。名字是Y開頭的人可不少……」

義輝材木座（Yoshiteru Zaimokuza）同樣符合條件，大和（Yamato）搞不好是大黑馬。再不然，也可以建議一色改名為「一色歪伊呂波（Isshiki Wairoha）」不就有Y的音了嗎……不對，那樣第一個字母會變成W，而且聽起來很有賄絡（Wairo）嫌疑。

多虧這些沒營養的內容，我才得以轉移思緒。

我跟戶塚聊到這裡，午休結束的鐘聲響起，我們得在下一個上課預備鈴響前回到教室。眼見手裡的麵包還沒吃完，我三口併作兩口，迅速塞進嘴巴，用MAX咖啡一口氣沖下去。食量小的戶塚早已吃完便當，他緩緩站起身，對球場上的社員大喊：

「各位，解散囉——大家放學後見！」

那些社員聽到戶塚的聲音，紛紛舉起球拍對他揮舞，戶塚也朝他們大力揮手。

我愣愣地看著戶塚，心想：他這麼積極開朗的樣子真是少見。

「……不像我的樣子嗎？」

戶塚想起我的存在，不太好意思地看過來。

「啊，我沒有這個意思……」

除此之外，我一時想不出該如何回應。他的舉動固然是令我訝異的因素之一，最主要的原因，其實是我不小心看得入神，如此而已。那說不定是我至今所見的戶塚中，最讓我動心的一番舉動。

「我只是不曉得……你也很有社長的樣子，才驚訝了一下。」

我沒辦法好好描述心中的感受，說話變得有一搭沒一搭。他似乎覺得這樣的我很逗趣，開心地笑出聲音。

「你不知道的事情還真多呢。」

「是啊，我不知道的可多著。」我的嘴角跟著泛起笑容。

戶塚把頭往上仰，扳起手指開始計算。

「網球社的事情、體育推薦入學的事情……」

「對喔，謝謝你告訴我這些。」

他點點頭，繼續數下去。

「還有……葉山同學的選組、最近的謠言……」

關於這兩點，我實在無法回應什麼。直到現在，我依然對葉山可能選擇的組別一點頭緒也沒有。即使向戶部和材木座打聽，徵詢他們的意見，也沒得到多大的幫助；再提到大家都在傳的謠言，我更是只有閉上眼睛，裝作完全不知情。

由於接不下話，兩人之間陷入沉默。吹送而過的寒冷風聲、從校舍傳來的吵鬧聲，顯得格外明顯。

戶塚深深吸一口氣，扳起最後的小指，握住拳頭。

「還有……我的事情。」

不知為何，我意外地理解了這句話。

他把手伸到頭上，將被風吹亂的頭髮梳整，然後挺起胸膛。這是我第一次看見、過去的自己未曾知曉的戶塚。

「我可是相當努力喔——雖然有點靠不住。」

他有點害羞地笑道。這才是我自認所瞭解的戶塚會有的行為。

因此，這或許是我頭一次認真看待戶塚彩加。此刻的他既沒有矯揉造作，也無須增減任何東西。儘管如此，我還是不瞭解他這個人。

但也因為如此，我希望更加瞭解他。

「……不，你不會靠不住，連我都在依賴你。雖然還不太確定，不過，我……我——應該會再依賴你。」

說到這裡，我也站起身，朝戶塚踏近一步。

戶塚也露出羞赧的微笑，堅定地點了點頭。

他想必一直在等待，等待我能夠像這樣主動接近自己。

一點一點地剝下面具，削去自己的皮膚，雙方才得以真誠相見。

彼此認識之初，可能總是不把對方當一回事，認為對方怎麼樣都跟自己無關，導致雙方惡言相向，也可能以平順、緩慢的步調，輕輕撕下對方身上的外皮，讓雙方逐漸打成一片。

戶塚根本不是什麼天使……所以是小惡魔？還是大天使……或者是墮天使？

哪一種都無所謂，戶塚就是戶塚。

6

颯爽地，雪之下陽乃消失在黑暗中

之後過了好幾天，我聽到的淨是班上同學漫無邊際的雜談，沒有任何對判斷葉山選組有幫助的消息。

從旁人的角度觀察，葉山等人的互動跟往常並無不同。三浦和戶部都意識到問題核心的存在，謹慎地不去觸碰，但也不會明顯保持距離。

能夠解決三浦諮詢的時間，已經剩下不多。

調查表的繳交期限是這個月底，繳交前夕還有一場馬拉松大賽。我們必須在此之前，想辦法知道葉山選擇的組別。

葉山尚未告訴任何人自己選哪一組——這是目前所知的唯一資訊。照這個情況看來，我們只能繼續蒐集可供推測的消息。

幾個日子又匆匆流逝，這個星期結束後，下週一馬上就是馬拉松大賽。

放學時間過後，我觀察一下教室內的情況，隨即來到走廊上。目前仍然處於膠著狀態，沒有任何變化。由比濱也把握葉山他們去社團前的短暫時間，很努力地積極參與對話，想辦法打聽消息。

既然教室裡有她在，我大可先行前往社辦。於是我獨自踏出腳步，走上通往特別大樓的走廊。

這時，平塚老師出現在前方，輕輕對我招手。

「去社團嗎？」

「是啊，沒錯。」

「嗯，那麼正好。我也打算過去一趟。」

平塚老師指著特別大樓，往那個方向走去，並且用背影示意我跟上。看來她是要跟我邊走邊談。

老師會去社辦，八成代表又要交代什麼工作……想到這裡，我的心便往下沉。偏偏不管自己多麼不願意，反抗老師肯定不會有好下場，於是我選擇乖乖跟著她走。

「明天放學後有沒有空？」

「嗯，應該有空。」

明天放學後，我的確沒有什麼計畫，頂多就是處理三浦的諮詢。但是關於她的諮詢，我也還沒有任何具體打算。

說得明白些，現在的我們無牌可出、無棋可走。

不論是專心偷聽周遭同學的對話（stalking），仔細偷看葉山的一舉一動（stalking），尋找能跟他一對一談話的時機（stalking），所有的希望通通揮棒落空（strike）。想到調查表的繳交期限迫在眼前，不用等到三人出局，比賽分出勝負只是時間早晚的問題。

平塚老師不知是滿意我的回答，還是一開始就認為我不可能有其他事，她淡淡地說下去：

「明天要舉辦升學面談，學生會那裡已經很努力了，但人手還是不太夠。」

什麼嘛，原本以為那個人整天只會一直玩一直玩一直玩，想不到還是真的有做事。

「……所以，一色直接指名你，想要你過去幫忙。」

伊呂波，請問您今天要來點八幡嗎？但是很可惜，聽到工作的當下，我便註定不會心兒怦怦跳（註38）……

「那為什麼老師還要特地來告訴我……」

一色早已成為賴在侍奉社不走的常客，她大可直接在社辦跟我說。

「因為這是學生會的正式委託。從一色知道來徵詢顧問老師的許可，至少能看出她有所成長。雖然不知道她在打什麼主意，以能夠自由使喚的條件來說，你們無疑是最適合的人選。」

註38 出自動畫《請問您今天要來點兔子嗎？》片頭曲歌詞。

平塚老師點著頭說道。看樣子，她能夠明顯感受到一色的成長……可惜事實恐怕沒有那麼美好。我想，一色十之八九是想透過老師傳話，使我們沒有拒絕的餘地。不過，看在她也認真工作的份上，多少幫一些忙是無妨。

「既然老師這麼說了……請問一下，升學面談是什麼樣的活動？」

「簡單說來，類似升學考試輔導。想成聽學長姐分享他們的實際經驗即可。」

「現在就開始升學考試輔導，不會有點太早？」

「班會課上我不是講過了？」

平塚老師有點不高興。經她一提，我才想起，班會課上好像有這麼一回事。大概又是我隨便聽聽便拋到腦後了吧……啊哈哈……

我發出一串尷尬的陪笑。老師大概也明白我很難改掉這個壞習慣，輕輕嘆一口氣，為我重新解釋一遍：

「我們學校除了普通科，還有國際教養科。有些國際教養科的學生打算出國留學，所以必須及早開始準備。跟其他學校比起來，總武高中的確滿早的。」

「留學……」

對喔，差點忘記。將來不見得只能留在國內念大學。由於升學還不是現階段最切身的問題，我才一直沒特別去思考。但事實上，一定也有人計畫去國外念書。國際教養科為總武高中的一大特色，所以這裡的學生比較容易注意到，還有留學這個選擇。

留學啊……感覺好厲害……我好歹也算有出國旅行的經驗，可是從來沒想像過，在不同國家生活會是什麼樣子。

至少，這不會是三兩下即可輕鬆決定的事情。既然如此，計畫出國念書的人，說不定很早以前便下定決心。

「果然很多人都決定好選組，對吧？聽說有些人連調查表都交出去了。」

「其實沒有很多，只占一小部分。畢竟繳交期限在月底，大多數的人還是會到那個時候才交出來……對喔，葉山已經交了就是。」

「喔……」

真走運，平塚老師主動提到那傢伙的名字，省去我用話題慢慢引導的功夫。才剛這麼想，她立刻側眼瞪過來。

「別想要我告訴你。這可是個人資訊。」

「……我、我我我我才不想知道呢。」

「不過，我也不是不瞭解這種心情。大家都喜歡打聽周圍的人報考什麼學校。在正式進入衝刺階段前，聊聊這些也滿愉快的。」

平塚老師泛起笑容，沉浸在過去的歲月。

「另外像葉山跟雪之下這些學生，由於肩負著撐起學校榜單的重任，所以有些老師特別注意他們。」

「備受期待是吧……」

「只看文科成績的話，你也不輸給他們……偏偏受注目的程度就是差很多。」

她鼓起臉頰，一副不太滿意的樣子。可是啊，我不受到眾人注意，也是沒辦法的。我從來沒有跟老師打好關係過，所以不論考試分數再高，學期成績單上的評價仍是差強人意。為什麼國中裡最受老師歡迎的，永遠是吵吵鬧鬧、調皮又淘氣（笑）的小屁孩？我恐怕一輩子也無法理解……

正當我想起不好的回憶，平塚老師忽地停下腳步，順手撥一下長髮，筆直地看過來。

「你呢？」

「我選文組。」

我立刻回答，老師卻搖搖頭。

「我不是問選組，是你將來的打算。」

「家庭主夫。」

才剛說完，頭頂立刻被敲一下。老師無奈地將手扠在腰上，對我翻出白眼。現在的她沒有平時的霸氣，變得比較像個大姐姐，我不禁感到一陣難為情。

「請你好好面對現實。」她嘆一口氣，這麼說道。

我、我不是在逃避現實，而是正視自己的理想——平塚老師此刻的眼神太過真誠，我實在沒辦法說出這樣的話。

我搔搔臉頰，轉向旁邊回答。

「還沒決定。反正我不會從事專業工作，也不考慮走研究路線，選擇文組沒有什麼問題。」

「你沒有什麼興趣嗎？」

「那種東西我會當單純作興趣。把喜歡的事情變成工作，人生只會越來越辛苦。」

人生好辛苦——總覺得好像在「人生」的廣告裡聽過這句話。人生要破關未免也太難了，這是什麼整人遊戲？

「……的確很像你會說的話。不過，滿有道理的。事實上，大多數的人選擇的大學科系，並沒有對往後的人生產生重大影響。」

平塚老師盤起雙手，望向窗外。

「有的理科大學畢業生，進入出版社工作；有的社會學系畢業生，直接進入演藝圈闖蕩；有的人選擇念語學大學，之後到世界各地流浪；選擇法學科系的人，未來也不見得通通成為律師或檢察官。即使是我自己，也不是教育相關科系出身……當然也有一些職業不在此限，例如醫師、律師、研究人員。」

「對喔，還有藥劑師……」

老師點一下頭。

仔細想想，大學進入什麼樣的科系，不代表將來一定會從事直接相關的職業。我的老爸也是某個沒聽過的神祕科系畢業，之後進入某個沒聽過的神祕行業。等等，這樣不是直接相關了嗎……

現在文科跟理科的界定太不明確，企業也開始提倡跨學科的概念，刻意引進來自不同領域的人才。

到頭來，最能做為判斷依據的，還是個人資質與能力。例如當今社會必備的溝通能力、溝通能力，還有溝通能力這些溝通能力。唉，煩死了，不要再討論將來找工作的事情好不好～

「儘管如此，身為一名教師，我還是得先告訴你──」

這時，平塚老師拍拍我的肩膀。

「你不需要現在就把將來的一切都決定好。如果你有意願，也可以選擇轉系、轉學，或是先隨便進一間大學，再重新準備隔年的考試。真要說的話，開始工作後也大可考慮轉職。你現在做的選擇，不過是人生當中無數選擇的其中之一。」

「我明白了。」

不論是升學或工作，在往後的路上，一定還會遇到無數次做決定的機會。照這樣說來，結婚也是一個選擇的機會囉！雖然不知道自己有沒有這個機會！當然老師也一樣！

然而，那些頂多給予我們重新選擇的機會，而不保證能夠挽回已經造成的失敗。要是再度走錯，我們還可能遭遇更重大的失敗，使原本的傷痕更加擴大。

「……要是一開始便選錯選項，之後不會很麻煩嗎？」

「嗯。所以我們老師能夠做的，就是為你們增加選項……還有，刪去選項。」

「可以刪去選項嗎……」

聽到我這麼問，平塚老師略顯難色。

「不用說，最後做出決定的還是學生自己，我們頂多只能做到提供意見。以現階段而言……你最好盡早放棄家庭主夫的願望。」

啊啊……我的最優先選項被刪掉了……

漫長的走廊來到盡頭，樓梯終於出現在眼前。我要繼續爬上樓梯，平塚老師則打算轉過轉角，看來她交代完一色的委託，便認為達成目的，沒有再去社辦露面的意思。

老師稍微舉起手，隨即踏上自己的路。我輕輕點頭，向老師道別。

她走沒多久，很快地停下腳步，扭過頭來對我說：

「……如果有能力，要不要在大學期間考一張教師執照？說不定你意外地適合當老師喔。」

「絕對不要。當老師的話，豈不是得應付像我這樣的學生？」

我聳肩答道，老師也露出苦笑。

「的確，我也有同感。」

她自己那麼喜歡關心我，還說這種話……

我再次對平塚老師點頭道別，目送她離去。

× × ×

我拉開社辦大門，剛好跟雪之下看個正著。

雪之下在大腿鋪著毛毯，手拿包覆心愛的貓咪圖案書衣的文庫本，雙眼則凝視著大門口。

由比濱尚未來到社辦，所以在這之前，只有雪之下一個人在。她淺淺一笑，對我打招呼。

「你好。」

「嗨。」

我回應後，雪之下闔上書本，如同往常的習慣，起身去準備泡紅茶。

等待水燒開的期間，她把所有人的杯子拿出來，同時對我開口：

「今天來得比較慢呢。」

「路上遇到平塚老師，她又有事情來拜託……」

正往茶壺裡放茶葉的雪之下聞言，疑惑地偏了偏頭。

「拜託什麼事情？」

「明天要辦什麼升學面談，但是學生會那邊的人手不夠。」

「學生會嗎……那麼，我先把時間空出來。」

「好……啊，其實我一個人去就夠了。」

雪之下說得一派輕鬆，我跟著想也不想地直接應聲。但是，學生會只委託我過去幫忙的話，大概都是些搬椅子之類的勞力工作。既然這樣，就不用特地麻煩其他人。

儘管我這麼說，雪之下還是毫不猶豫地回答：

「我也不介意……反正，沒有什麼其他事情好做。」

「嗯，的確……」

其實不只是我，雪之下同樣還沒想到任何計策。儘管這樣說很漏氣，當初在三浦的面前答應她會想辦法，直到現在，我們遲遲沒有什麼進展。換一種方式表達，說「我們已經嘗試過」，或許比較能自我安慰。

接著，我們再也不說話，僅默默地看著熱水壺，等待水燒開。忽然間，有人用力地拉開大門。

「嗨囉——」

「哈囉哈囉～」

我對這兩種特殊的招呼方式有印象。

首先踏入社辦的是由比濱。緊接著，海老名也跟了進來。

「妳好，海老名同學。」

「這是我們新年後再次見面呢～」

「來，請坐。」

「謝謝。」

雪之下請海老名入座後，又去準備第四人份的紅茶。我看向由比濱，用視線要求她說明海老名來侍奉社的原因。由比濱點點頭，回答：

「之前我們不是討論，要跟可能知道隼人同學選組的人打聽消息？」

「嗯。」

「所以我在想，要不要也跟姬菜商量看看，甚至是請她跟我們一起想辦法。對吧？」

「若真的能幫上忙就好了。」

經由比濱這麼說，海老名不太有把握地點頭。

嗯，這個人選還不錯。海老名跟葉山和三浦都處得很近，如果透過由比濱居中牽線，原本單憑我或雪之下問不出所以然的人物，也有可能打聽出什麼消息。

而且，雖然海老名身披腐女的外皮，在那層外皮之下，其實藏著不為人知、難以捉摸的一面。即便無法得出正確答案，說不定也能找到什麼線索。

然而，海老名本人卻沉著一張臉。她接過雪之下遞上的紅茶後，鏡片也被熱氣覆上一片白霧。

「葉山選擇的組別嗎……我也沒有特別問過。再說，他文科跟理科都念得很好，我也無法隨便下定論。」

「啊──果然。我想也是……」

由比濱失望地垂下肩膀，不得不同意海老名的說法。除非跟我一樣偏食，只有固定幾個科目格外拿手，否則的確很難從學科表現判斷選組。

刻意迴避不拿手的科目固然消極，對我來說倒是很合適。不過，這不代表同樣適用在其他人身上。

我撐著臉頰，輕輕嘆一口氣。

海老名繼續思考，接著又想到什麼，說道：

「啊，不過他有提過將來想從事的行業。」

「咦，有嗎有嗎？他有提過那種事情？」

她對由比濱點點頭。

「那是好久以前的事了。過去職場見習時，他好像說想走大眾傳播，還是去外商公司工作的樣子。」

「啊～好像有印象。」

由比濱聽到這裡，也回想起當時的情況，而敲一下手。這麼說來，我好像也有聽到葉山提過。只不過，大眾傳播跟外商的範圍都還是太不明確。即使是文科畢業的學生，未必比較容易進入大眾傳播業；再說到外商公司，這個辭彙太過空泛，無從得知會是什麼樣的行業，即使想反推回去也沒有辦法。

「不過，那也可能單純是他的興趣。做為判斷選組的依據，效力恐怕有點薄弱。」

雪之下撫著下顎說道。她所言甚是。我去職場見習的時候，也選了跟自己八竿子打不著關係的資訊科技產業。

海老名同樣瞭解這一點。

「嗯，我也是這麼想的。更何況……」

話語至此，她暫且打住，將視線從我們身上移開，看向社辦的無人角落。

「更何況？」

經由比濱催促，她搖搖頭，繼續說下去。

「何況，大家最後都選擇一樣的見習場所，所以可能沒有參考價值吧！」

「啊……對喔。」

海老名說到後面，語調異常地亢奮起來。雖然由比濱連聲表達同意，我卻無法就此接受。此刻的海老名，真正想說的話是什麼？

雪之下換翹另一條腿，對她詢問：

「他還有沒有說別的？」

「其他的話，沒有什麼印象……」

海老名歪起頭，回想了一會兒，然後把視線拉到我身上。

「其他瑣碎的事情，比企鵝應該更清楚吧？」

「啊？我？」

她的這句話太出乎意料，我不禁指著自己，提出質疑。

「有可能喔。他常常看——」

由比濱還沒說完，便被海老名激動地打斷。

「你們想想看！這不是同性戀特有的視線對話（註39）嗎？野生的葉八配對！」

「最好是啦……」

同性戀特有的視線對話是什麼鬼啊！這個女人，自以為是New♂Type嗎？別當什麼腐女了，趕快放棄吧（註40）！

「這種玩笑夠了好嗎……」

「啊、啊哈哈……」

「唉……」

由比濱陪著苦笑，雪之下也頭痛地按住太陽穴，嘆一口氣。

海老名仍舊是老樣子，發出讓人膽寒的「呵呵呵～」恐怖笑聲，然後突然推一下眼鏡。鏡片被反射的光線照得全白，我看不出她的眼睛看向哪裡。

「……不過，這也不全然是玩笑話。」

她微弱地這麼說道，聲音細小到我差點漏聽。在我來得及開口，詢問這句話的真意前，她先一步挪動椅子，把身體往前傾。

「來嘛來嘛～一起聊聊葉八配對的可能性吧～一定會很開心！」

「不要。死也不要……」

註39「同性戀特有的～」為日本網路用語，發源自同性戀AV《仲夏夜淫夢》系列。

註40 出自動畫《鋼彈G Reconquista》之臺詞。

「真是可惜……好啦，我差不多該告辭了。結衣、雪之下同學，下次見囉！」

海老名從座位起身，走向社辦門口。

「如果聽到什麼消息，希望妳可以告訴我們。」

「啊，嗯。謝謝妳！」

「我會的。拜拜～」

她對由比濱和雪之下揮揮手，走出社辦。

我盯著門口一會兒，嘆氣說道：

「看樣子，短時間內一樣不會有進展。」

「是啊。」

雪之下把手伸向涼掉的紅茶，由比濱也一隻手拿馬克杯，另一隻手把玩手機。

「……去一下廁所。」

我留下這句話，離開社辦。

海老名幾秒鐘前才離去，應該不會走得太遠。我想再多問她一些事情——不，更正確地說來，是問清楚她那句話的真意。

最重要的一點，海老名離開社辦前，唯獨漏掉跟我道別。這說不定代表，她還有什麼話想單獨跟我說。另一種可能，純粹是她忘了我的存在。萬一很不幸地是後者……唉，別提也罷。那簡直是欺騙我的感情……要是換成《Another》，出現「看不見的存在」時，早就有人領便當了。

我把玩著這個念頭，走過轉角，果然看見海老名在前面慢慢走著。

她聽見我急促的腳步聲，將頭轉過來。

「我想，那樣沒有什麼意義喔。」

海老名開口第一句話，便讓我摸不著頭緒。而且聽她的語氣，彷彿早已料到我會追上來。

「什麼東西？」

「繼續打探葉山的選組，也沒有什麼意義。他不可能輕易說出口。」

她停下腳步，隔著鏡片投來冰冷的眼神。那視線跟往常的她大不相同，說不定現在這種冷硬感，才是她的本質。秋天的畢業旅行時，我也體會過一次。

我聳聳肩，別開視線。

「……大概吧。但我們都已經跟三浦保證了，也不能什麼都不做。」

「喔……」

之後的話語，都被拉長的沉吟吞沒。

走廊上再也沒有其他人，我們不開口時，四周頓時變得悄然無聲，只有冷風不斷拍打窗戶。

我杵在原處，尷尬地搔搔頭，這才想起原本要問海老名的問題。我清一下喉嚨，開口：

「那我問妳，難道那樣也沒有關係？」

「哪樣？」

「不管結果是哪一種，你們都不可能維持現在這個樣子——」

「不會喔。」

海老名不待我說完，立刻回答。

「葉山一定會巧妙地閃躲下去，優美子也很清楚這點才是。我想，重新分班不會造成大家的關係徹底瓦解。」

她的用字遣詞有些模糊地帶，但話音聽起來很堅定。

「我懂了。妳很信任他們呢。」

「也不是這個意思……我只是在想，葉山會選擇不傷害任何人的方法。與其說是信任，倒比較像我自己的願望。」

她伸出舌頭，如此笑道。

要是換做過去的我，絕對不會對海老名的話產生任何疑問，並且在心裡認定，葉山隼人就是那樣的人。

然而，這一切都已不同。雖然無法掌握明確的形體，我始終感受到一種複雜的不自然。

因此，我有了這樣的疑問：

「我問妳。妳為什麼這麼認為？」

「……按照葉山的個性，他一定會滿足眾人的期待。」

海老名別開視線，再度笑了一下。但是，她此刻的笑容不帶一絲可愛討喜，神色相當冰冷，猶如只是機械性地讓嘴角略微上揚。

那樣的表情赫然出現在眼前，我頓時不知如何回應，使得沉默趁虛而入。海老名退開一步，輕輕舉起手。

「那麼，我差不多要回去了。」

「啊，喔……」

我好不容易擠出聲音，望著她逐漸遠去的背影。

現在的我尚未得出像是正確答案的正確答案。

我只知道，心裡有一種難以言喻的不自然感。回去社辦的路上，我不斷思考著，這股不自然感究竟為何。

不經意間抬頭看見的冬季天空，呈現紅藍交雜的晦暗。

那片天空終將完全黯淡下來。

這是再自然不過的道理，不用想即可知道，也不會讓任何人的期待落空。

×　×　×

海老名造訪侍奉社辦後，直到離校時間到來，再也沒有其他人出現。於是，我踏上回家的路。

進入家門，按照慣例說一聲「我回來了」，換來的只是滿屋子的寂靜。家裡的兩個社畜不可能這麼早下班，小町同樣不是去補習班，便是關在自己的房間衝刺。

我爬上樓梯，來到伸手不見五指的客廳，摸索電燈開關。

「啪」的一聲，客廳恢復光明。

剎那間，本來以為空無一人的室內，浮現一個人影。我的心臟差點停住。

「嚇死我了……」

仔細一看，原來是坐在桌前，撐著臉頰發呆的小町。

小町聽見我狼狽的聲音才回過神，把臉轉過來，對我堆出笑容。

「……啊，哥哥，歡迎回來。」

「喔，嗯，我回來了……」

我把大衣跟書包扔到沙發上，拿起遙控器打開空調。小町大概在這裡發呆了很久，整個客廳涼颼颼的。

「怎麼啦？」

我坐上沙發，對小町開口。「哎呀～」她馬上難為情地笑起來，接著誇張地整個人趴到桌上。

「小町真的，不行了啦……」

她抱著頭，用快哭出來的語氣說道。

「嗚嗚……小町一定考不上高中，從此落入人生敗組……左鄰右舍一定會偷笑：

『聽說比企谷家的兩個孩子都是家裡蹲喔~呵呵呵』……小町要變成魯蛇了啦……」

「等一下，我才不是家裡蹲……」

「唔啊——」她聽不進我的糾正，把頭髮亂抓一通，然後再度「咚」地倒到桌上。

唉，去年底才發作過一次，現在又來啦……

不過仔細想想，既然有婚前憂鬱（marriage blues）、產前憂鬱（maternity blues），還有藍馬尾（tail blue），小町的症狀應該就稱為「考前憂鬱」吧。滿江紅跟社畜黑也很有加入戰隊的潛力。這是什麼戰隊，我才不要！

回歸正題。對於陷入考前憂鬱狀態的小町，我大致曉得該怎麼處理。

「轉換一下心情吧，想些快樂的事。」

我翻開心裡的哥哥守則，按部就班操作，小町卻沒出現應有的反應。奇怪了，上次明明很有效……

我感到納悶，往後靠上沙發背，轉頭看向小町。她把背彎成弓形，噘起嘴巴，無力地握起放在桌上的手掌。

「……人家根本快樂不起來啦。」

小町現在說的話，完全不像是開玩笑。這種鬧彆扭的態度，讓我想起她小時候的模樣。

「發生了什麼事？」

「沒事。」

儘管她回答得冷淡，語氣間又透露出欲言又止的心情。

我決定不多說什麼，靜靜地等她開口。接下來大約有整整一分鐘，除了客廳內掛鐘的秒針，以及外面的汽車，便沒有任何東西作響。

最後，小町終於按捺不住，發出一聲嘆息。

「……最近啊，不管是休息時、睡覺前，還是吃飯的時候，老是想著這個還沒做、那個還沒做……」

她一字一句地吐露，兩隻眼睛盯著自己的拳頭，絲毫不看向我這裡。

「……然後一直擔心，念不完該怎麼辦……還有，考不上該怎麼辦……」

見她把掌心握得更緊，我盡可能放慢速度說話，緩解她的緊繃。

「用不著東想西想那麼多。至少，妳已經考上一間私立高中了。」

「人家又不想念那裡。」

小町把臉撇向另一側，不讓我看見她的表情。我只能聽著她斷斷續續的說話聲。

「花那麼多錢，念自己不想念的學校，總覺得很愚蠢……也對不起爸爸。」

我們家是雙薪家庭，基本上學費都還負擔得起。坦白說，父母親想必早已籌措好費用，送她去念私立高中。不過，小町真正擔心的，可能不是錢的問題。

話又說回來，「對不起爸爸」啊……這個人平常說什麼也不肯接近他，到了這種時候，還是有辦法好好地叫一聲「爸爸」。

即便是小町，也不會打從心底厭惡自己的父親。

為升學考試忙得焦頭爛額之際，總是埋藏得很深的真心話，也在不經意之間流露出來。

「而且，被別人知道自己落榜，一定也很難受……」

她的聲音在顫抖。

小町總是活潑開朗，臉上永遠帶著笑容，是個相當優秀的妹妹。不只是家裡的事情，她也時時顧慮著自己的哥哥。小町在學校裡，想必也都表現出樂觀開朗的一面。

然而，去年開始放寒假後，她很明顯地想跟朋友保持距離。之所以那麼做，大概是在人際關係上面臨我無從得知的摩擦，以及沉重的壓力。

一個人越是開朗，消沉下來時的落差會越大。這一陣子，私立高中開始放榜，大家一定會熱烈地討論起某人有沒有上榜。平常看似無心的話語，此刻將變成足以刺穿心臟的銳利槍矛。

所以，小町才想遠離人群、遠離現實。

她不再說下去。取而代之的，是類似吸鼻子的氣聲。

我從沙發上爬起，面向小町坐好。

「考高中是很重要沒錯。沒有考好的話，等於落後別人一大截，之後遇到國中同學也很沒面子。」

「嗯……」

從小町的沉吟聲聽起來，她還不是很能接受。畢竟這些話學校老師會講，補習班老師會講，回到家後說不定還要聽父母講一次。不過，我仍然要告訴她：

「可是，考大學比考高中重要，將來找工作又比考大學更重要。每經過一個階段，可能都會少掉一些朋友。而且，搞砸事情的後果也會越來越嚴重。」

「嗯、嗯……」

小町依舊抱持懷疑。我拿出百分之百的把握，這麼回答：

「不過，妳不用擔心。」

這時，小町的頭抬了起來。她的眼角泛著微微淚光，表情也有點驚訝。看到那副模樣，我又回想起小時候的她，忍不住笑了出來。

「反過來說，只要最後能夠正負相抵即可。這個道理跟棒球季後賽相同。考上明星高中和明星大學，有如當季總冠軍享有的優勢。雖然能為自己帶來幫助，但不保證之後會一路贏下去。」

曾經有一支隊伍，在當季例行賽排名第三，之後進入季後賽時，卻有辦法在短期決戰內過關斬將，最後成功問鼎全日本總冠軍的寶座。我也不曉得他們是怎麼辦到的，搞不好是比賽落後時，哪個代打的敲出輕飄飄三壘滾地球，結果不小心變成內野安打，而製造出逆轉的機會。人生跟棒球都是沒有劇本的戲劇（註41）。

註41 已故職棒選手三原脩之名言。

我好想對那場比賽大談特談一番，可惜小町對棒球興趣缺缺，從中途開始，她只是愣愣地看著這裡，沒有任何反應，似乎進入左耳進右耳出的狀態。

嗯……根據我的哥哥雷達偵測，這不是她想聽的話題。

不想聽我用棒球比喻的話，其他還能怎麼說……我搔了搔頭，決定不管那麼多，腦袋想到什麼，先說出來再說。

「總之……反正只多妳一個人，真的必要時，我會想辦法的。」

「哥哥……」

「養一個人跟養兩個人差不多，我會幫妳向父母拜託。」

「小町比較希望哥哥出去工作……」

小町抹去眼角的淚水，露出笑容。

「那是我萬不得已時的手段……雖然由自己來說有點奇怪，妳哥哥其實也算優秀，什麼事情都難不倒……所以，放心吧。」

我伸出手，輕拍她的頭，順便摸幾把頭髮。

「其實啊，小町每次看著哥哥——」

小町握著我的手，跟自己的手交疊，並且用淚水未乾的雙眼看過來。她說到一半，暫時打住，放鬆身體吐一口氣。

「——就覺得自己煩惱那麼多，好像個大笨蛋。」

接著，她一把揮開我的手。

「……那真是太好了。」

每次對自己的妹妹好一點，都只換來這樣的對待……好吧，沒關係。她的這一點也很可愛，雖然跟哥哥期待的可愛不太相同……

「呼——不想了不想了，趕快念書！」

小町完全恢復以往的樣子，拉開椅子起身，快步離開客廳。她握住門把前，忽然停下腳步。

「謝謝囉。」

她低聲拋下這句話，迅速大力關上客廳的門。很快地，門外「啪躂啪躂」的拖鞋聲匆匆遠離。

× × ×

翌日放學後，我、雪之下和由比濱出現在會議室門口。

昨天平塚老師委託我們，幫忙學生會準備升學面談之相關事宜。雖然跟雪之下她們說過我一個人就很足夠，但她們也認為，反正沒有其他可做的事，不如大家一起幫忙，讓事情盡早完成。

繼籌備校慶和運動會之後，我們再度來到這個地方。

會議室的門鎖已經開啟，學生會的成員大概已經在裡面工作。我輕輕敲門，裡面傳來拉長聲音的「請進——」。打開門入內，正在窗邊忙碌的一色便將頭轉過來。

「啊，學長！」

她小跑步過來，欲抓住我的袖口，彷彿在抗議「很慢耶～（註42）」不過，她一看到我身後的另外兩個人，馬上恭敬地行禮。

「啊，謝謝兩位也過來幫忙！」

「嗨囉，伊呂波！」

「請問我們要做什麼？」

由比濱親切地打招呼，雪之下環視會議室一圈。

我跟著看了看室內，桌子仍然圍成長方形，椅子也排得整整齊齊，準備工作似乎尚未正式開始。

「這裡要進行升學面談，所以得重新排列一下位子～然後在面談期間，學生會也要在場，適時提供一些協助。」

「是喔，工作時間好像很長呢。」

一色聽我這麼說，無力地垂下肩膀。

「對啊～這好像也是學生會的工作……總覺得我們老是在打雜……」

「沒辦法啊，學生會就是打雜的……」

「我從來沒聽說……唉～要不是當初有人說服我當學生會長……」

註42　遊戲《艦隊Collection》島風之臺詞。配音員與動畫版一色伊呂波相同。

不知道是不是故意，她一連偷瞄這裡好幾眼。

「夠了夠了……不過，妳嘴巴上那麼抱怨，還不是做得很勤快？」

「那、那個……因為是工作嘛。」

一色難為情地轉過身體，臉也別到一旁。接著，她輕咳一下，揮動手上的資料，開始對我下指示。

「總、總之！現在要移動桌椅，然後在中間插入隔板，做出六個單獨隔間。麻煩學長跟副會長幫忙搬重的東西。」

瞭解☆——我點點頭，同時偷偷在心裡擺出橫V手勢。一色確認後，看向雪之下和由比濱。

「那麼，女生請幫忙排椅子。諮商側排一張，學生側排兩張。有空的話，再把諮商人員的茶水準備好。」

她看著資料，繼續下達指示，效率和俐落程度高得教人意外。看樣子，這個學生會長已經做得有模有樣。綁著麻花辮、配戴眼鏡的書記少女收到指示，也鄭重地頷首。

相反地，也有人一副有聽沒有懂的表情。不用說，那個人當然是由比濱。

「諮……吱吱？老鼠嗎？」

「又不是寵物的名字……」

別想到喵太或哈姆藏或海老藏還是喜久藏去啊……正當我想著該怎麼說明時，

雪之下先往前站了一步。

「諮商，也就是提供建議和課業指導的人。如果是升學面談，相當於接受學生諮詢的人。」

「沒錯。在老師之外，也會請畢業生和已經推甄上榜的三年級學生擔任。」

「畢業生……」

雪之下聽到這三個字，表情瞬間皺了一下。真巧，我頭一個想到的人，說不定跟她相同。然後很不幸地，不好的預感十之八九都會成真。

「那麼，我要去請擔任諮商的人過來。之後的事情就麻煩副會長。」

一色說完，隨即離開會議室。副會長接手後續工作，開始指揮眾人布置會場。

我跟副會長合力把隔板搬進會議室時，他滿臉抱歉地開口：

「謝謝你們來幫忙，這裡真的亟需人手。」

「嗯——不會。要做的事情都很明確，所以沒什麼問題。」

之前跟外校共同籌劃聖誕節活動時，大家連具體要做的事情都決定不出來，最後差點開天窗。跟當時相較，現在的情形已經明顯改善許多——不僅是一色對學生會長的自覺、她跟其他成員的互動，還有我們三人之間的關係。

不論最初的契機為何，如果能像這樣一點一點地合力搬除重物，事情的發展確實有機會轉變。

我們挪動桌子，架設隔板，女生那邊的工作也快告一段落。大家的動作都很迅速，所以在面談開始之前便早早準備完畢。

同一時間，也有學生提早來到會議室，在門口晃來晃去，不時往裡面窺看。那個人每走動一下，熟悉的馬尾就跟著晃動。

印象中，她的名字是本田……又好像是鈴木……咦，還是山葉？都不對，總覺得比較像機車的廠牌。從那不良少女的外表看起來，說會騎機車我都百分之百相信。機車、機車……Bike……川崎 Bike（註43）？嗯，大概是川崎沒錯。

看著川崎一直待在門口，不知道該不該進來，最後索性由我主動出聲。

「可能還要再等一下喔。」

「……喔。」

她聽到我的聲音，身體瞬間僵住，僅簡短冷淡地應一聲。這個人，對我老是這種態度……

不過，對方都已經來到這裡，讓她一直在門口罰站，感覺也說不過去。於是我決定出去陪她聊聊天，打發這段時間。

「所以，妳也是來升學面談的？」

「算、算是……」

川崎回答得有些不知所措，這種反應跟一般的女孩子沒什麼兩樣。她的外表滿恐怖的沒錯，但是從乖乖參加升學面談這點看來，仍然是個很不錯的女生。叔叔看

註43　日本的搞笑藝人。

到了，一定會對妳產生好印象。嗯。

而且，現在也是問她選組的好機會。雖然不知有沒有參考價值。

「那麼，妳打算考什麼學校？」

「啊？我嗎？我……要考國公立的文科大學……吧。」

「都那麼明確了，還沒有把握嗎……」

連國公立的文科大學都決定好，只差選擇哪一間學校，最後多出那個「吧」又突然變得很沒有把握。

「你有什麼意見嗎？」川崎瞇起眼睛看過來。

「報告，完全沒有意見。」

我被她嚇到，語氣不禁恭敬起來。拜託妳行行好，把那凶惡的態度改掉……再說，我怎麼敢對妳有任何意見？所以別再像網路上那些鍵盤武僧到處引戰了。再說這個人搞不好能輕鬆打出爆裂拳（註44）……

「既然都決定好方向，不用特地參加面談吧？」

「……現在的成績有點不上不下，所以想聽一些意見。」

我從這句話推測出，川崎對自己不太有信心。不過，她報考國公立大學的決定，應該不會動搖。

註44《太空戰士》系列武僧的招式。「武僧（Monk）」與「意見（文句）」之原文發音相同，日本的網路遊戲直播聊天室內，亦不時會出現自稱現實中也習武者。

——啊，我懂了。她家還有好幾個弟弟妹妹。每個家庭都有每個家庭的困擾。

有句話說：家家有本難念的經。葉山跟雪之下想必也是如此。以川崎的情況而言，即為家中口數多，底下還有尚在念幼稚園的妹妹，考慮到將來的問題，國公立大學當然是最好的選擇。不得不說，川崎確實是個體貼的好姐姐，跟另外一個大姐姐截然不同。

「對了，妳的妹妹，就是……咪咪？她過得好不好？」

「啥？你在叫誰啊？」

川崎毫不留情地瞪過來。等、等一下！我只是不小心記錯名字……大妹控……好啦，所以她妹妹的名字到底是什麼來著……八八？這好像是對方叫我的方式。我是八八的話，她就是……川川？

我又陸續想了幾個類似的名字，最後終於想起一個有印象的，拍一下手開口：

「對啦，是沙沙。」

這一刻，聲音彷彿被抽乾。川崎回過神時，立刻倒退一步，紅著臉頰發出連珠炮：

「你你你、你幹麼那樣叫我！我們才不是那樣的關係——」

「對喔，是沙希。原來——」

難怪那個小傢伙會叫她「沙沙」。瞭解了。川崎本人則完全不能理解，又往後退一大步。

「……蛤？」

一直大呼小叫的，難道妳不嫌吵？還是說妳就是寺廟出身的T先生？不對，既然名字是川崎（Kawasaki），應該改成K小姐——喔喔，總算想起來了，是京京。

「啊，是京京啦。京京。」

川崎這才滿意，但還是不忘瞪我一眼。

「下次再忘記，小心我揍你。」

「喔，是……」

不行……何止是妳的妹妹，我連妳的名字都常常忘掉，只記得川什麼的。這句話我根本說不出口……不過，一提到自己的妹妹，川崎的態度多少軟化下來，語調也比先前溫柔很多。

「之後，還有機會見到京京——京華的話……你再陪她玩。」

「嗯，好，有機會的話。感覺不太可能就是。」

「嗯……」

她不置可否，僅頷首回應。這時，會議室的門忽然開啟，由比濱探出頭來。

「哈囉，裡面準備好了。」

由比濱也發現川崎的存在，揮揮手對她說一聲「嗨」。川崎跟著低一下頭，不知道算不算是回禮。

「來參加升學面談的嗎？進來吧！」

在由比濱的招呼下，川崎走入會議室。接著，我將大門完全敞開，方便之後抵達的同學進入。

我蹲下身體，要拉起門擋時，頭上傳來川崎的聲音。

「對了，我還沒有問你要考哪裡。」

她轉頭看著這裡。

「私立文科。」

「文科是嗎——」

她興趣缺缺地說道，繼續往由比濱指示的方向走去。對，沒錯，我一樣要考文科系。如果三年級又分到同一班，說不定還有機會再見到她的妹妹。到時候就陪她玩玩吧。

× × ×

在川崎之後，其他學生也陸陸續續到場。我看一下時鐘，再過不久，升學面談即將開始。

敞開的大門外傳來嘰嘰呱呱的聊天聲，站在一旁的雪之下豎起耳朵，由比濱也靠過來，好奇地看向走廊。

說話人的聲音都很熟悉。果不其然，雪之下陽乃在一色的陪伴下來到會議室，後面還跟著巡學姐。
陽乃看到我，毫不猶豫地揮手打招呼。
「喔，是比企谷。嘻——嗨囉！」
「妳好。」
我微微低下頭，陽乃滿意地微笑，然後看向雪之下。雪之下一點也不迴避，就這麼跟她對看。
「……姐姐。」
「妳也來了呀？很好很好。今天姐姐會好好地讓妳諮詢喔！」
陽乃開玩笑地說道，雪之下的眉毛立刻顫了一下，現場氣氛一觸即發……不是說過很多次了嗎？拜託妳們，要吵架回家再吵好不好……
由比濱也迅速察覺情勢緊急，趕緊站到雪之下的身旁，對陽乃開口：
「啊，邀請的畢業生果然是陽乃姐姐呢！」
「沒錯沒錯。聽說來幫忙可以拿到什麼禮物，就決定來了♪」
陽乃笑得非常開心，那模樣讓我不禁懷疑，究竟是這個人真的太閒，還是她其實沒有朋友……我又想到，陽乃屬於討人喜歡的類型，她今天八成又會多一個崇拜者。一色緊緊黏在她的身邊，雙眼散發閃亮亮的光芒。
「能夠請到這麼棒的學姐回來，真是太好了——」
「妳確定？我沒有那麼了不起喔～」

陽乃謙虛歸謙虛，從臉上從容不迫的笑容，還是看得出她充滿自信，甚至帶些妖媚。

「陽乃學姐太客氣了～妳真的超帥氣，我好崇拜妳喔！真希望自己也能跟學姐一樣……嘿嘿。」

「謝謝妳——」

陽乃一把抱住一色，把她摟入自己的懷裡。一色咧開嘴巴，露出不懷好意的笑容。啊啊，這個人是打算拉攏有力人士，甚至找機會偷學陽乃的手段……

想當然耳，對手同樣不是省油的燈。陽乃輕撫一色頭髮的同時，嘴角泛起媚惑的淺笑，彷彿早已看透她的如意算盤。

總覺得看到了不該看的東西……一色，拜託妳將來千萬別變成陽乃二代！不過，巡學姐倒是笑咪咪地看著她們。可見即使是暗潮洶湧的場面，隨著觀者不同，也會產生其他角度的解讀。

在治癒系波動——巡學姐溫和力場的作用下，我的內心跟著平靜下來。

她注意到我的視線，輕輕揮手打招呼，踩著清脆的腳步靠近。

「比企谷同學，好久不見——」

「是啊……巡學姐也被找來了嗎？」

「嗯，因為我已經推甄上學校了。」

由比濱聽到這裡的對話，好奇地湊過來問道：

「推、推甄？那是什麼意思？」

「推甄是推薦甄選的簡稱。大學會開放名額給一些指定的高中，再由這些高中選出滿足條件的學生，推薦出去參加甄選。這個制度的好處，在於錄取率比個人申請還要高。」

不知為何，雪之下先一步回答了她的問題。巡學姐在旁聽著，不停點頭。

「不愧是雪之下同學，瞭解得真清楚！以我們學校的水準，常常有不錯的大學提供推甄名額。所以，在校成績優秀的話，可以透過這個管道升學。」

她說完後，還挺起胸脯，「嘿嘿～」地笑了幾聲。啊啊……真可愛……我要被治癒了……

另外也請各位不要誤解，這位前學生會長絕非只是個溫溫和和的大好人。該工作的時候，同樣工作得相當認真。否則，她不可能得到學校推薦的資格。認真勤快的巡學姐看一下時鐘，距離面談會開始，只剩下幾分鐘。

她走向還在玩鬧的一色和陽乃，出聲提醒。

「會長，我們等一下要做什麼？」

「啊，那麼——請城迴學姐坐在最邊邊的隔間，陽乃學姐坐在隔壁……」

一色被拉回現實，開始分配座位。雪之下也看了看時鐘，對陽乃開口：

「姐姐。」

「什麼事？」

「有件事情想問一下。比企谷同學，能否也占用一點你們的時間？」

雪之下把我們聚集到會議室角落。聽到有想問的事情，再加上連我們也有份，我便大致猜出其用意。她打算直接向陽乃詢問葉山的選組。這麼做的確不無道理，不論是校內或校外，跟葉山相處最久的人，除了陽乃就沒有第二個可能。

來到不引人注意的角落後，雪之下開門見山，直接提出問題。

「關於葉山同學的選組，妳知不知道些什麼？」

陽乃似乎沒想到會是這個問題，連眨好幾下眼。接著，她倏地泛起冷笑。

「隼人選哪一組？什麼嘛，原來是問這個～」

從失望的語氣推測，她說不定知道一些消息。雪之下也有所察覺，又問了一次。

「妳知道嗎？」

「嗯～～我懶得打聽他選什麼組，所以沒問過。反正答案那麼明顯。」

陽乃的回應宛如拒絕回答。她露出受不了的模樣，長長地嘆一口氣，然後看向雪之下，揚起不懷好意的微笑。她此刻的漆黑雙眼，充滿混濁的光芒。

「……再說，妳用不著問我，也知道答案吧。」

「如果我知道，還會特地來問妳嗎？」

雪之下同樣用冰冷的視線看著陽乃，強硬地回嘴，一副挑釁的樣子。陽乃稍微皺一下眉，又很快地恢復原來的表情。

接著，她換上冷靜而不銳利的沉著語調，這麼告訴雪之下——

「妳自己好好思考。」

「……」

雪之下聽到她開導般的口氣，一時說不出話。由比濱睜大眼睛看著陽乃，我自己也有點意外。儘管陽乃的話不帶善意，我也感受不到敵意或惡意。若要稱此為愛情，仍顯太過疏遠。

陽乃吐一下舌頭，嘴角再度浮現不懷好意的笑容，打趣地說：

「本來看妳終於要獨立了，結果還是跟以前一樣拜託別人。如果是小時候，這樣是滿可愛的沒錯——對了，妳自己又選什麼組？」

雪之下這時才回過神，撥開披在肩上的長髮，桀驁不馴地看向陽乃。

「我不認為有告訴妳的必要。」

「家裡母親也在問嘛。要不是今天這個機會，我也很難見到妳。而且每次有什麼重要的事情，妳都不跟我們說。姐姐也很難做人耶～」

陽乃撫著臉頰苦笑。她說到這裡，收起半開玩笑的柔軟姿態，瞥向我一眼。

「……對吧，比企谷？」

「呃，我……」

我冷不防地被點到名，喉嚨一時擠不出字句。陽乃彷彿看透一切的雙眼緊盯著我，不放過任何微小細節。這時，視線一隅的雪之下咬住嘴脣，把頭垂下。

「……這跟姐姐沒有關係。」

「好冷淡喔～～啊，不然這樣吧。比企谷，要不要跟大姐姐討論你的將來？不管有什麼問題，我都願意回答你喔～」

陽乃伸出手指，戳著我的臉頰，同時凝視我的表情。大概是室內溫度較高的緣故，她脫去圍巾後，底下的針織衫領口未扣，酥胸在裡面若隱若現，加上甘甜的香水氣味……太近了太近了真的太近了！

「不、不用啦，我已經決定好了……」

我後退一步，把身體往後仰到不能再仰，以跟陽乃保持距離。陽乃這才滿不高興地鼓起臉頰，掃興地嘆一口氣。接著，她又把臉轉向由比濱。

「什麼嘛──不然，只剩下比濱妹妹囉。」

「我是挑剩的嗎！」

由比濱完全不被認真看待，不禁發出哀號。陽乃「咯咯咯」地笑起來。

正當大家這麼你一言、我一語時，一色和巡學姐走向這裡，大概是要請陽乃就位。升學面談差不多要開始了。

有些學生直到開始前一刻才抵達，會議室瞬間熱鬧許多。

葉山等人也出現在其中。他應該只是陪戶部或三浦來面談。

不用說，葉山不可能沒注意到這裡。即便我們待在角落，身為校外人士的陽乃依舊很醒目。

他在門口附近，離我們有些距離的地方開口：

「陽乃姐……」
「啊，隼人。」
陽乃一舉起手招呼，會議室內的騷動聲好像又大了一些。陽乃對現場的反應有些不解。
「總覺得有些奇特的視線。」
「當然了。妳那麼引人注意。」
我不是要刻意強調。即使從客觀角度看，陽乃也是一位只要走在路上，便會讓旁人忍不住多看兩眼的十足美女。在校園裡更是不在話下。
陽乃聽了我這麼說，依舊顯露不解的表情。
「跟那種感覺，好像不太一樣……」
「啊——該不會是謠言的關係吧。」
一色想到這個可能性，低聲說道。巡學姐立刻有所反應。
「妳說那件事嗎？我也很有興趣喔～不覺得很浪漫嗎？」
「謠言？伊呂波妹妹，什麼謠言？」
陽乃當然不可能漏聽。她笑咪咪地看向一色。
「啊，這個……」
一色猶豫著該不該說出口，視線在不太高興的雪之下和在遠處跟朋友談笑的葉山之間遊走，半天發不出聲音。

然而，陽乃不就此罷休。她輕輕地把手搭上一色的肩膀。

「告訴我吧。」

區區的四個字，壓在聽者身上卻無比沉重。陽乃不改笑容，耐心等待一色的下一個動作。過了幾秒鐘，一色不得不舉白旗投降，先觀察周遭的動靜，然後湊到陽乃耳邊，悄聲告訴她。

陽乃聽著她說，不時高興地點點頭。唉……一旦被這個人知道，絕對不會發生什麼好事。

不過，她接下來的態度，竟然跟我想像的截然不同。

「真是的～我還以為有什麼大消息……這不是老早以前就遇過了嗎？」

陽乃冷淡地說著，並且向一色答謝後，掃興地轉身離去。

「巡，走吧。」

「是——」

她帶著巡學姐走向安排好的隔間。離去之際，回過頭來對我們揮手。

「那麼，晚點見！」

陽乃的表情和舉止都很開朗。相較之下，在我身旁的一色，笑容跟面部神經抽搐沒什麼兩樣。她生硬地扭動頸部，轉向我偷偷嘆一口氣。

「好、好恐怖……那個人跟雪之下學姐果然是姐妹。一定不會錯的！」

「妳什麼時候有了她們不是姐妹的錯覺？」

「為什麼是用這種共通點……」

雪之下按住太陽穴，頭痛似的輕嘆一聲。由比濱輕拍她的肩膀，安慰道：

「不會的！小雪乃一點也不恐怖！」

「聽妳這樣說，又有一種被瞧不起的感覺……」

「咦？才、才沒有！我的意、意思是，小雪乃……很可愛！」

由比濱握緊拳頭，大聲宣言。雪之下對她的話感到詫異，難為情地將臉別開。

嗯，這兩個人可真要好……

不管怎麼樣，升學面談已經開始。我們被委託的工作只包括事前準備，所以接下來的事情交給學生會即可。

「那麼一色，我們先走了。」

「好。謝謝學長學姐～」

一色恭敬地道謝，我點頭回應後，向雪之下和由比濱開口：

「回去社辦吧。」

「嗯。」

「知道了。」

葉山集團待在會議室門口附近，我們要離去時，跟他們擦身而過。我看一眼葉山，他正在跟三浦等人談天。

「哇——找誰諮詢好呢？」

「還要再等好幾個才輪到你。自己想想吧。」

葉山苦笑著回應戶部，雙眼偷偷看向前方。出現在那裡的，正是陽乃。

「隼人……你跟那個人很要好嗎？」

三浦同樣看著陽乃，輕聲問道。葉山有點驚訝地看向她，隨即換上笑容。

「……小時候認識罷了。」

我們聽到這裡，走出會議室。

× × ×

社辦的桌上擺了一個小型月曆，每一頁的大半部分都被貓咪圖片占去。看著看著，我越來越覺得：啊，好像貓咪寫真集似的。

「……紅茶泡好了。」

「嗯？喔，謝啦。」

盯著月曆沉吟到一半，雪之下送上紅茶。我拿起杯子小口飲用。由比濱同樣研究著月曆，開口：

「距離繳交期限，剩不到多少時間了。」

「是啊，但還是沒有任何進展……」

我們已經向不少人打聽過，可是到此為止，依然得不到任何跟葉山選組有關聯的消息。我自己打聽的方式不對或許是原因之一，但要是做得太明顯，被葉山發現也不太好。畢竟我已經向他本人問過一次，而他也拒絕回答。探聽葉山不願透露的資訊時，絕對不能明目張膽。儘管我個人不在乎他對我怎麼想，真正的問題在於三浦。我不希望自己的行為，會造成委託者的困擾。

我一邊計算剩餘時間，一邊整理思緒。這時，有人「喀」的一聲，將茶杯置於茶碟上。

我看向發出聲音的地方，雪之下面露不同於以往的嚴肅神情。

「比企谷同學……我曾經跟你提過，葉山同學的家長對不對？」

「嗯，一個是律師，一個是醫生，對吧。」

「……咦？真的嗎？」

由比濱大吃一驚，看來她從來沒聽說過。

「妳不知道？」

她聽到我這麼問，不太高興地噘嘴說道：

「我們平常幾乎沒談過這種事……像是你的父母親在做什麼，我也不知道啊。」

「我家是平凡的社畜家庭，而且是兩隻。」

「啊，跟我家一樣！不過我的媽媽是家庭主婦。」

喔喔，想像得到。從她幾乎沒有做料理的手腕，以及常常在奇怪的地方展現主婦性格，的確能夠推知一二。

成長環境會多少影響一個人的性格。我自己即是一個例子。我從小開始，便看著父母每天辛苦地出外工作，日後才會打定主意，絕對不重蹈他們的覆轍。不過也因為家中有兩份收入來源，衣食生活不至於匱乏，這點我的確很感謝自己的父母。雙親帶給我的另一個影響，是我對女性自立抱持肯定態度。未來小町也會進入職場，家裡又多一個經濟來源，到時候，日子想必過得更舒服。

我幻想著將來的美妙家庭計畫，由比濱也繼續先前的話題。

「所以，隼人同學要接下他們的工作嗎？」

雪之下將手放上下顎思考。

「嗯……葉山同學的父親本身擁有事務所，外公又是開業醫師，所以不是沒有可能……」

「那樣的話，就不會影響到他選擇文組或理組。」

要當律師或醫師的話，都必須考取執照。如果只有一種選擇，自然能藉此推測葉山可能選的組別。然而，現在的情況是兩邊都有可能，所以不適用這個方法。

由比濱聽到這裡，一陣沉吟後將臉抬起。

「但不管是當律師還是當醫生，都很厲害耶！」

「沒錯。以一般觀點來看，葉山家算是富裕家庭。」

雪之下點頭同意。在一般人的觀念中，醫師跟律師的確都是賺錢的行業。雖然之前便聽過葉山家的一些事，今天再次提到這個話題，我更是覺得不得了。為什麼那樣的人要選擇這間學校？轉去更優秀的私立高中好不好？

關於這一點，雪之下其實也差不多。我看向她說：

「由妳這種人來說，不太對吧？」

「如果只論現金，他們家應該比較多。至於總資產，我則不太清楚。」

儘管她說得輕鬆自然，這種年紀的女生不該把現金、總資產之類的字掛在嘴邊吧？由比濱盯著空中，歪頭複誦剛才聽到的字。

「現金……現金卡？」

喔喔，妳竟然知道現金卡，真不簡單！下次再教妳金融卡吧。

跟由比濱比起來，葉山的問題比較要緊。

首先是最大前提，我們應該可以假設葉山會繼續念大學。他的成績相當優秀，考試可以排到全年級第二名。要是這種人不打算繼續升學，所有老師八成會抓狂。再從先前平塚老師的話推測，這個情況不可能發生才是。

所以，到此為止沒有問題。

接下來，我們要瞭解的不是他的志願，而是他選擇的組別，亦即升上高三後的葉山隼人。

「完全沒概念……」

由比濱思考半晌，說：

「我想，會不會是文組？大部分的人好像都選文組。」

「嗯──是想像得到沒錯。」

不掀事端、跟任何人都能好好相處──葉山隼人在大家的心目中，不外乎是這樣的形象。也因為這般人格特質，他才有辦法毫無隔閡地對待我跟材木座等等落在校園階級最底端的人。從葉山至今的外在表現，我可以輕易想像他升上高三後進入文組班級，繼續熱熱鬧鬧地跟同學打成一片的畫面。

然而，現在的我已經曉得實際情況是有所出入的。只不過，我還不太清楚該如何看待這個現象。

我再度陷入思考。雪之下默默地看過來，似乎想說什麼。我用眼神示意後，她慢慢吐露自己的想法：

「我覺得……可能是……理組。」

「為什麼？」

對於由比濱的提問，她不太有自信地垂下頭解釋。

「這並不是什麼有根據的推論。而且，也跟我個人有關聯……」

「……不方便說的話，也不用勉強。」

雪之下的話中，仍帶著憂慮和不確定，我忍不住勸她打消念頭。她的嘴巴反覆地開了又闔，最後終於下定決心，把臉抬起。

「沒關係……你們先知道也沒什麼不好。」

這個人未免也太不會說話……雖然我也沒什麼資格講別人。我跟由比濱端正坐姿，看向雪之下。她開始娓娓道來。

「你們都已知道，我跟葉山同學兩家很早以前便認識。小時候，大家經常玩在一起。姐姐又是那種個性，我跟葉山同學都很聽她的話……所以，簡單說來，我們的成長過程都受到姐姐的影響。」

說到這裡，她稍微呼一口氣。

這段話跟我在去年聖誕節期間所聽見的並無太大差別。親眼見到他們出現在一起，聊著那些年的回憶，現在我又更添一分實感。

葉山跟雪之下姐妹，曾經共同度過漫長的時間。

現在的葉山隼人，以及過去的葉山隼人，都已漸漸被揭開面紗。跟其他事情比起來，現在最要思考的，正是未來的葉山隼人。

「嗯……陽乃姐姐好像是念理科？小時候受過那麼大的影響的話，理科也滿有可能的囉。」

「對……但也無法斷言。」

雪之下回答得很保守，我跟由比濱用視線催促她解釋。

「雖然這樣有些矛盾——若要維持兩家之間的關係，繼承父親的事務所是最有效率的方式。」

「那就是文科囉？」

她又搖了搖頭。

「維持雙方關係的方式，不只一種……」

我懂了。

未來不當律師，而從事其他行業，照樣有辦法維持雙方關係。再進一步地說，即便沒有生意上的往來，都不成問題。我舉個例子：婚姻關係即是另一種方法。儘管對現在的我們而言，顯得太不切實際，但也無法就此完全否定其可能。

思考到這裡，雪之下繼續補充：

「當然了，我無從得知葉山同學那邊的想法。之前從沒聽過他跟雙親唱反調，所以家中的意見未必不會造成影響。」

「嗯，是啊。感覺隼人同學，也會把家裡的事情處理得很好。」

由比濱坦率地說道，雪之下點頭同意。今天聽到這段談話，我也大致瞭解葉山家的現狀。雖然尚不足以解決問題。

我下意識地抓抓頭，嘆一口氣。

「我們總不可能真的去問他的父母。既然牽涉到雙方家庭，就不能輕易介入。」

「沒錯……不過，至少我的母親是希望雙方能維持關係。」

雪之下的表情沉了下來，我反射性地別開視線。

「知道了。總之……我思考看看。」

我在此打住話題。

坦白說，現在的確需要時間，好好整理一下思緒。事情發展至此，可行的方式僅剩下從寥寥無幾的片段資訊推測。現在還是先專注在葉山的問題上比較好。

更重要的一點——

不這麼做的話，我很可能產生連自己都受不了的想像。

我重重嘆一口氣，暗示話題到此告一段落，雪之下跟由比濱不再那麼緊繃。大家不約而同地拿起茶杯，品嘗平靜的沉默。溫度適中的紅茶滋潤乾渴的喉嚨，我覺得舒服多了。

一片無聲中，雪之下輕輕放下茶杯，緩緩說道：

「那個……」

「嗯？」

「上次很不好意思，弄得好像母親把你們趕走……如果我當時好好地說出口，應該不會變成那樣才對。」

她凝視杯中晃動的茶水，閉緊嘴脣，不再多說什麼。由比濱溫柔地把手放上她的肩膀。

「不需要放在心上。既然是家人團聚，我們也不方便打擾。你說對不對？」

「是啊，這沒什麼好在意。」

「……謝謝。」

雪之下泛起一抹略帶憂愁的淺笑，低頭向我們道謝。

她坐得挺直，雙手輕輕在大腿上交握，從纖細的手指到修長的睫毛，一切的一切都何等美麗。

我出神地望著雪之下，直到她抬起頭。兩人一對上視線，立刻慌忙地把臉別開。

「今、今天的社團活動到此結束吧。我來收拾茶組。」

或許是出於尷尬，雪之下迅速站起身，開始整理茶杯，連同茶壺放上托盤，準備拿去外面的流理臺。

「啊，我也去幫忙洗！」

「沒關係，你們在這裡等。」

她按住同樣要起身的由比濱，端起托盤，快步走出社辦。我跟由比濱留在原處面面相覷。過了一會兒，由比濱忽然輕輕一笑。

「小雪乃啊，主動提起自己的事了呢。前一陣子，她都還不願意提這些東西。」

「嗯……是啊。」

雖然顯得笨拙、突兀，又有點搞錯方向，這或許就是雪之下接近我們的方式。她明明那麼能幹，唯獨這個地方仍然不太成熟。

不過，我也沒有什麼資格說她。

總有一天，我可能也得好好詢問她。儘管現在還不知道該從哪裡問起，我十分確定，將來定有開口的一日。

×　×　×

我在大樓門口跟雪之下和由比濱道別，走向腳踏車停放處。

夕陽完全隱沒，強勁的寒風吹過校舍。其他社團早已結束活動，中庭恢復一片寧靜。

「喂——」穿過中庭時，有人出聲呼喚。我張望四周，卻沒看見任何人影。

「上面、上面！」

我照聲音指示往上看，發現是學生會辦公室。雪之下陽乃從敞開的窗戶探出頭，向這裡揮手。

「等我一下——」

陽乃不等我回應，逕自消失在窗邊。

「那個人又在做什麼……」

她是真的閒到沒事做嗎——才剛這麼想，那扇窗口又冒出一個人影。仔細一看，是一色伊呂波。一色低頭對我行禮，滿臉笑容地揮手道別，接著「唰」地拉起窗簾。這又是怎麼回事……

我繼續盯著那扇窗戶，百思不得其解時，耳邊傳來一陣輕快的腳步聲。我轉過頭，正好看見陽乃往這裡跑來。

「哎呀～不小心跟小靜和伊呂波妹妹聊太久，才拖到這麼晚——」

陽乃一邊解釋，一邊微微喘氣，看來她是匆匆忙忙奔下來的。

「雪乃呢？沒跟你一起走嗎？」她四處看了看，問道。

「她搭電車回去。」

「是喔～～那不是白等了嗎……」

請等一下，妳幾秒鐘前不是才說在跟別人聊天？所以真正的目的其實是埋伏嗎？這個人未免太恐怖……我猜升學面談結束後，陽乃便留在學生會辦公室取暖，然後痴痴地望著中庭等人。照這樣說來，一色肯定是被抓去當打發時間的道具。雖然跟自己無關，我還是突然覺得好對不起她……

陽乃振作起來，走到我旁邊，輕拍我的肩膀。

「算了，你也可以。送我到車站吧。」

「啊？」

她對我的反應不太高興，鼓起臉頰扠腰說道：

「有意見嗎？難道你忍心讓女生一個人走夜路回家？身為一個紳士，就應該當個護花使者。知道嗎！」

妳自己在學校留到這麼晚，難不成是我的問題——這句話臨到嘴邊，硬是被我吞回去。好吧，正確說來，其實是我倒抽了一口氣。

陽乃拉起我的手臂，把臉湊上來，如同要說悄悄話。

「跟像我這樣的美女大姐姐一起回家，別人可是求之不得的喔！」

出於低溫以外的原因，背脊竄過一陣寒意。我連忙退開一步，陽乃馬上開心地笑起來。這個人，完全是在尋我開心……她跟一色或小町不同，小惡魔的個性可是大魔王的等級。而各位又都很清楚：誰也別想逃出大魔王的掌心。

我搧著發熱的臉頰，指向腳踏車停放處。

「嗯——是可以啦。那麼，先讓我去牽腳踏車。」

「好，一起去吧。」

於是，我跟陽乃肩並肩，往停放處出發。

憑良心講，現在天色已經很昏暗，通往車站的路上又會經過公園、小巷之類人煙稀少的地方。

再加上我是日本土生土長的男生，長期活在年功序列和女尊男卑的觀念下，使年長女性成為我的一大弱點。順帶一提，我也拿年紀比自己小的女性沒轍。最明顯的例子正是妹妹小町。還有，碰到男生我同樣會軟掉。哇，自己恐怕是全人類最弱的等級了。

我牽著腳踏車，跟陽乃離開停放處，鑽過側門，踏上夜晚的街道。

到車站的路途並不遠。公園旁住家尚未卸下的聖誕燈飾，微微照亮幽暗的道路。

陽乃要求我送她回去，一路上卻閉口不語，我當然更不可能主動開啟話題。所以耳邊傳來的只有車聲、住家人聲、呼嘯的風聲，以及我們的腳步聲。

進入蜿蜒的小巷，陽乃才第一次開口：

「你打算考什麼科系？」

「嗯——文組科系吧。」

「喔，不愧是愛看書的文學青年。」

「並沒有。只是……那樣吧。」

之前在鬧區巧遇陽乃時，我正好在看書。不過，那純粹是因為尷尬，才找一本書出來做個樣子。你可以稱這招必殺技為「書本護盾」。不過，我自己都覺得這種理由太丟臉，所以迅速別開視線。

陽乃向前半步，稍微彎下身體，凝視我的表情。

「你都看哪些書？」

「……基本上來者不拒。外國書沒什麼看就是。」

「嗯……像是芥川跟太宰治？」

「他們的書不是不看……我比較偏好大眾文學。」

不得不說，所謂的文學作品必須合讀者的口味，才能一頭栽進書中世界。否則，讀者大概只寫得出「實至名歸的作品！不朽名作！不愧是文學的最高峰！五顆星推薦！」之類打不到重點、有刻意灌水之嫌的空洞評論。就這點而言，以輕小說為代表的商業娛樂作品愛怎麼鞭，就怎麼鞭，即使是缺乏魅力的內容，照樣能看得很開心。輕小說真是太棒了——唉，這種娛樂方式未免太悲哀……

走在旁邊的陽乃聽過我的回答，點點頭說：

「嗯——你可能不太適合文學科系。社會科學或許不錯。」

我不禁啞口無言。不知不覺間，她竟然當場幫我分析適合的科系。儘管個人不想聽取她的諮詢，心裡有些抗拒，在禮貌上還是要接受她的好意。

「……謝謝。」

「不用客氣。」

陽乃微微一笑，清了清喉嚨。

「那麼，你知不知道雪乃的志願？」

可惡，原來接下來才是重點！先前真是白對她說謝謝了……

「我沒問過她這個問題。」

「嗯……她大概不會主動說。所以比企谷，你幫忙問問看囉！」

陽乃大力拍了拍我的背。

不過，我實在不覺得自己問得出什麼……話雖如此，我也不能要她自己去問。

雪之下絕對不會乖乖地告訴陽乃。

更何況，我都還沒問過雪之下這個問題，自然沒有要求別人去做的道理。

「下次見面之前，要幫我問出來。」

陽乃鄭重其事地說道，隨後又「啊」地一聲，想起什麼事情。

「對了，你有沒有直接問過隼人？」

「他喔，他說了一大堆，就是不肯告訴我答案。」

「喔——原來……」

她移開視線，轉向漸漸出現在前方的車站幹道。

不過，她似乎不是看著來來往往的行人。

映在那對瞇細的瞳孔內的，恐怕不是當下這個時空。

「想不到，他也期待著。」

「期待什麼？」

陽乃的低語似乎不是說給我聽，但我還是反射性地問道。她這時才將臉轉回來，泛起媚惑的笑容。

「期待著，有人幫他找到答案吧。」

這麼回答後，她稍微加快步伐，走到我的前方，轉過身體。紅色的大衣跟著翻飛。

「已經到車站了，送到這邊就好。謝謝你囉。」

「喔。那麼——」

正要點頭道別時，她將食指伸到我的面前，高亢地說道：

「記得回家作業，問出雪乃的志願喔。下次見面時對答案！」

「這不叫作對答案吧……」

她又把食指抵上我的額頭，笑了起來。

「小地方別在意這麼多。再見！」

陽乃輕輕揮手，頭也不回地颯爽離去。

我摸著被觸碰過的地方，目送她鑽進人群。

即使是在擁擠的人潮中，我依舊能一眼找出她的身影。

第二手札

又或者，那獨自屬於每一個人。

在閱讀的過程中，自己彷彿意識到什麼。

若要更正確地說，是自己被拉回了現實。

這本小說帶有一股熟悉感，我依稀從中看見自己。我甚至覺得，這本書彷彿就是在寫自己的性格——不論是本性，抑或是惡性。

不過，事實並非如此。

我不肯放棄，不厭其煩地拿起一本又一本的書，持續尋找。《人間失格》和《奔跑吧！美樂斯》這兩本書，更是讀了一遍一遍又一遍。

然而，其中仍舊存在決定性的差異。

即使是那位大文豪留下的名作，也沒有把我完整詮釋出來。

發現主動對自己開口、擁有和自己相同感受的人，終究徹底不同於自己時，心裡除了絕望，還是絕望。

正因為有相似、類似之處，差異才顯得更明顯、更引人注目；正因為彼此的高相似度，才容不下那決定性的差異。

我無法容忍曾經有所期待，認為理解了對方、同時也為對方所理解的自己。

跟《人間失格》描繪的存在相比，自己肯定更加渺小、更加懦弱、更加低俗。連太宰治也不屑一顧、微不足道的問題，都長期困擾著我。

所以我在想，自己是不是比《人間失格》的角色還不如，遠比邪智暴虐的君王孤獨、充滿猜疑？

不僅如此，我也厭惡我的自私自利，竟然為了尋求私人問題的答案，利用極具權威的文學替自己背書。這是何等膚淺、何等愚蠢、何等醜陋的事態！自己之所以翻開這本書，絲毫不是為了淨化罪孽，或是修身養性。

不過，我還是希望受到「信實」的譴責，希望有人看穿表面為人、實則為己的偽善自我。

我渴望著這樣的外在視線。

因此，我曾經有所期待——

——期待如果是這本書，或是對邪惡特別敏銳的那個人，說不定有機會發現、看穿這樣的自己。

可是，對方都已經站在這麼近的距離觀察，甚至早已看穿其他種種一切，偏偏就是獨漏掉我。

跟責備和蔑視相比，這樣的對待更讓我煎熬。

7 不論何時，葉山隼人總是迎合眾人期待

我闔上書本，倒進沙發。

靜謐的客廳內，椅墊內的彈簧發出細微聲響，窩在暖被桌打盹的小雪立刻豎起耳朵。

小町在補習班用功，雙親也還被關在公司，只有我跟小雪獨留冷清的家中。

仰躺在沙發上，眼睛被電燈照得快睜不開，我索性把臉轉向窗戶。屋外早已一片漆黑，寒風不時拍打著玻璃。

升學面談之後的幾天，葉山的選組問題仍然毫無進展。我又試著到處打聽好幾次，最後都無功而返。

唯有時間不斷流逝，當我察覺時，馬拉松大賽已經近在明天。明天過後，亦即這個月底，即為畢業發展調查表的繳交期限。

我爬起身體，鑽進暖被桌。桌上放著我早已寫好的調查表。關於將來的志願，我的答案非常明確。

高三的文理組選擇當然是文組，一點也不用猶豫。之後打算報考的大學，我也以私立文科為主，填好跟自己實力相當的校名和系別。

我決定的方式相當簡單。因為我擅長的就是文科。至於理科嘛，只能用慘烈來形容，幾乎可以說是打一開始便直接放棄。

不知該不該說是幸運，我的性向正好如實反應在成績上，所以遇到升學問題時，幾乎沒有任何煩惱。

再說，我本來就沒有多少選擇，用消去法也能夠得出答案。

那麼，跟我恰恰相反，擁有過多選擇的人又要怎麼辦？

例如雪之下雪乃。

她是如何決定志願的？

事到如今，我才後悔從來沒問過她。若單純以資質論，最接近葉山隼人的，正是雪之下。

結果，我卻第一個排除她的選擇能做為參考的可能。現在才想起這件事，早已沒有任何意義。我有一種感覺：要是繼續深究為何變得如此，將遇到更殘忍的難題。

現在應該優先思考葉山的事情。

葉山隼人究竟是如何做出決定的？他擁有的選擇多到不勝枚舉，即便採用我的方式或消去法，也完全沒有能夠削去的負面要素。

我聽了越多人的意見，反而越無法理解。

葉山不僅文科理科都很拿手，還有機會透過體育推薦入學。擁有這麼優秀的條件，當然也可以選擇ＡＯ入學考試或推薦甄試。

如果他跟戶塚一樣，已經透露打算報考的科系，或許還有辦法逆推回去。然而，現在的我根本無法問到這個階段。又如果像材木座那樣容易理解，且不擅長打交道，也許還能另當別論。可惜葉山同樣不是這種人。

從成績跟平日表現推測，幾乎是不可能的任務。

既然如此，就得改變思考模式。

舉例來說，像是川崎面臨的家庭因素。從她選擇的方式，可以看出那個人是為家庭著想。再回到葉山身上，家庭因素只會讓他的選擇更多元，而不會變成阻礙。

那個人看似沒有煩惱，也沒有缺點。這是我跟戶部都認同的意見。借用海老名的話，即為「不顯露弱點，不傷害任何人，總是迎合眾人的期待」。

不管詢問誰的意見，不管周遭的人怎麼說，我在葉山身上只看得見無限可能。樣樣事情都難不倒他——葉山隼人正是這樣的人。

溫柔、帥氣、活潑、笑容爽朗、文武雙全——他正是這麼完美。

每個人都對他抱持這樣的印象。從來沒有人不認為他是好人。

等一下——

果真是如此嗎？

就是有那麼一個人，偏偏抱持不同的想法。

葉山隼人曾經明確地對我一個人這麼說道——

——我並沒有你想像的那麼好。

如果這句話為真，代表葉山隼人對自己的角色有所疑問。全世界只有他一個人，不認為自己是個好人。

成為大家讚不絕口的人物，並非一件好受的事。真的有人滿足了他們的期待，更是教人難受。明明知道那純粹是偽善、惡毒的虛偽、傲慢的自我滿足，卻繼續順應眾人的期待，著實讓我想吐。

不知道是哪個人，要我別再犧牲自己。那是什麼鬼話？說什麼為了滿足大家的期待、為了不傷害到任何人，才是真正的自我犧牲！

她說他從以前開始便是如此，到現在都沒有任何改變。

一路走來，他聽從父母的意見，聽從眾人的意見，沒有馬虎或敷衍。這樣的人，會做出什麼樣的選擇？總是備受倚賴、肩負期待，未曾讓任何人失望過的人，究竟想走什麼樣的路？

唉，我完全無法相信。

換做是我，肯定早已喘不過氣，恨不得把身上的重擔通通丟掉，毀壞殆盡。明明跟對方非親非故，卻得承受他們的期待，我只覺得煩得要命。那些連名字跟長相都還記不起來，更甭提要好或喜歡的傢伙是否肯定自己，我壓根兒懶得搭理。不論他們稱讚我，還是有所期待，我一概不會接受。

然而，葉山隼人絕對不會這麼做。他為了不傷害任何人，為了回應大家的期待到最後一刻，而扮演現在的樣貌。

許多人理所當然地認為葉山應該對人友善、溫柔，或是陪自己嬉鬧，迫使他犧牲自己。這是相當傲慢的行為。但是很不幸地，葉山正好擁有回應這些廣大期待的能力。

另外又很不巧地，葉山也有說什麼都不肯讓步的地方。

他堅決不透露自己選擇的組別。

既然備受眾人期待，他為什麼不肯說出口？

我躺在沙發上，望著玻璃窗，窗上模糊映照著明亮的室內。雖然影像呈現半透明，我卻無法透視過去，視線只能停留在虛幻的鏡像。

黑暗的夜色下，映照在窗戶上的面容顯得灰暗。我爬起身，靠近窗戶，想確定是不是自己的氣色不好。

看著看著，我想起一件過往。葉山詢問過，如果他提出跟別人相反的委託，我要怎麼辦？他還跟我說，別再用那種問題煩他。

當時，我選擇等真正遇到問題時再煩惱，葉山則露出柔和的笑容，說自己只是開玩笑，雙方只得出曖昧不明的答案。

這次或許也是相同情況。儘管中間的發展不同，唯獨「不做出選擇」的結論不會改變。

那麼，他的答案其實已經很明顯。

我拿起扔在暖被桌上的手機。

通訊錄內的人名寥寥可數，我很快找到要聯絡的對象，站起身撥電話。

聽筒內開始發出鈴聲。

等待接通期間，內心湧現好幾次切斷電話的念頭。我不知道拜託對方這種事究竟好不好，他說不定會就此討厭我、瞧不起我。

可是，除此之外，我再也想不到像是答案的答案。所以最後，還是只有這個選擇。

經過半晌，對方終於接起電話，小心翼翼地開口。

『……喂？』

「是我。抱歉這種時間打電話給你。」

話筒另一端的人——戶塚彩加，充滿精神地回答：

『一點也不會喔。你很少打電話來，我還有點驚訝呢。』

我想也是。這可能是我們第一次好好講電話。不過，接下來的話題恐怕會讓他更驚訝。

我偷偷吐一口氣，對著話筒中看不見這裡的戶塚低頭。

「……有件事情，想拜託你。」

×　×　×

與戶塚通電話的隔天一片晴朗，只有冷風偶爾吹過。

馬拉松大賽的起跑點在公園。一、二年級的男女生皆聚集於此。男子組出發後沿著濱海步道跑，抵達美濱大橋後折返回來。

這段路程相當長。有多長？這‧麼‧長！沒辦法，誰教我天生不會算數。所有比三大的數字，在我的眼裡都是「哇，一大堆！」

沒差。不管距離有多長，都不會影響我要做的事。

聽到整隊的口令，所有人陸續排到起跑點的白線後。

我像鰻魚似的扭動身體，鑽進最前排，結果這邊的人很乾脆地讓出空位。這是怎麼回事，難道我真的跟鰻魚一樣滑溜溜的？

馬拉松大賽不過是校內活動，所以沒有盛大的場面，名次也不會影響成績。更何況，大家在這麼冷的天氣裡不情不願地被拖過來參加，真正把目標放在名次上的人，應該沒有幾個。

只有一人除外。

葉山被寄予蟬聯冠軍的厚望，除了拿下第一名，便沒有第二種選擇，所以沒有偷懶的餘地。

他排在隊伍最前端，與我相隔幾個人的地方。若以賽車比喻，即是「桿位」。

他開始做伸展操，活動身體，在一旁觀看的女生立刻爆出歡呼。

男子組起跑後三十分鐘，才換女子組出發。中間這段時間，她們可以幫男生加油，觀看比賽戰況。

葉山簡單揮手，回應在前方興奮尖叫的女生。幾步之外的地方，出現三浦的身影。

跟四周的女生相較，三浦顯得消極許多，只是有意無意地看向葉山。站在她旁邊的還有海老名、由比濱，再往旁邊一步則是雪之下。

這時，一色也走了過來。

她注意到三浦，輕輕低頭致意，三浦也點頭回應。一色來回看了看三浦和葉山，「呵呵呵」地發出得意的笑聲。

接著，她把手放到嘴邊，大聲喊：

「葉山學長加油——啊，學姐也來嘛。」

葉山苦笑著向一色揮手。相隔一點距離的戶部，則不知為何神采奕奕地應聲。

「喔——」

「啊，我不是在對戶部學長說。」

一色搖搖手，如同在說「我怎麼可能幫你加油」。三浦默默地看著，最後終於下定決心，深深吸一口氣，連同聲音一起吐出：

「隼、隼人……加、加油！」

她的聲音不大，幾乎要被其他女生的歡呼蓋過。但葉山還是默默地舉起手，對她露出從容的微笑。

三浦陶醉在他的笑容中，緩緩地點了點頭，連要出聲都忘記。

一色滿意地看著他們的互動，然後再度把頭轉過來。

「……學長也請加油喔～」

這一次，她似乎是在對我說話。

喔，我會加油……不過，為什麼她堅持不用名字叫我……難道是記不起來？這時，原本愣愣地看著一色的由比濱，往前站了一步。

她同樣揮手為我打氣。

「加、加油——」

由比濱大概是顧慮到周遭，聲音很明顯比一色微弱許多，但還是確實傳入我的耳中。太好了，她沒有叫出名字……這種時候的體貼，著實讓我過意不去。

我心懷感謝，故作自然地舉手回應，她又用力握起拳頭給我看。接著，我跟她身旁的雪之下對上視線。

雪之下不作聲響，只是微微頷首。她的嘴脣依稀動了一下，但是聲音沒有傳過來。

我不知道她是否說了什麼，連她是否在對我說話都不確定。

不過，我還是有動力了。

既然這樣，來吧……

我繼續往前鑽，來到起跑處最前排，與葉山並列。葉山絲毫不看過來一眼，只是望著前方。

我轉動肩膀，單腳向前，伸展腳踝。

準備就緒後，忽然有人拍了拍我的肩膀。

回頭一看，是穿著體操服的戶塚。纖細的雙腿從下半身的短褲口伸出，不停地動著，還很冷似的不斷顫抖。他克制住抖動的身體，泛起微笑對我說：

「八幡，我們加油吧！」

「好……拜託你了。」

起跑處附近擠了不少人，現在低下頭的話，一定會跟別人相撞。但我還是低頭向戶塚道謝。昨天晚上我在電話裡拜託他的，儘管稱不上什麼壞事，但也不是值得誇獎的行為。老實說，請他幫忙這種事情，我自己也很掙扎。

儘管如此，戶塚還是雙手握拳放到胸前，打起精神，用力點一下頭。

「嗯，交給我吧！只不過，大家可能不太接受這種行為……」

他這麼說道，同時窺看一下左右的學生，再看向後方的人。那裡站著同是網球社的社員。

「不用做得太明顯，只要隨時留意即可。你也不需要太勉強。」

我拍拍他的肩膀，下一秒隨即擔心起自己有沒有流手汗，迅速把手抽離。不行不行，越去想這種事，掌心只會越冒出汗水，讓手變得更滑……

小學遠足的時候，老師總是要求男生跟女生牽手一起走，害我因為流手汗而被討厭，還多了個「比青蛙」的綽號。唉，不好的回憶重現腦海，有股淡淡的哀傷……

好在現在天氣寒冷，掌心不太會冒汗。海上吹來的風拍打臉頰，產生陣陣刺痛。剎那間，風停了下來。

「喔喔，八幡，你在這裡啊……唔嗯，戶塚氏也在？」

「啊，材木座同學。」

材木座撥開人群，赫然出現在我們面前。多虧那龐大的身軀擋住風勢，使我們不再受寒。

「八幡，我們一起跑吧！」

「才不要……啊，對了。有件事情想請你幫忙。」

「喔唔？」

材木座歪起頭，發出奇怪的聲音。我不希望接下來的話被其他人聽見，所以稍微湊過去……喂，這個傢伙的四周怎麼亂溫暖一把的，真不舒服。

我在材木座的耳邊小聲說完後，他立刻「咻嚕嚕嚕嚕——」地噴氣。

「唔嗯……我明白你要做的事了。可是，我不想太引人注目，也不想太勞累……」

「……好吧，我想也是。」

這個請求將帶給材木座沉重的負擔。考慮到他的運動能力和心靈強韌度，我可以理解他不會輕易答應。即使今天立場互換，我八成也會一口拒絕。

材木座好比一塊破抹布，用過即丟也完全不會心痛。出於這個理由，我才試著詢問看看。然而，材木座也是活生生的人，即便我不心痛，他本人當然也會心痛。

「嗯——抱歉，是我不好。把它忘了吧，別放在心上。」

沒想到，材木座盤起雙手，抬高肩膀，仰天說道：

「……請我一碗成田家超油拉麵就成交。」

「你確定？」

他露出無可奈何的模樣，重重地大嘆一聲。

「見義不為，無勇也——受不了，真拿你沒辦法喲……」

這種說法聽起來超不爽……雖然是我開口請求在先，還是想說一句「煩死了」。

我賞材木座一對白眼，他則謹慎提防著四周，壓低音量對我說：

「先說清楚，我到時候照你的指示做，也是有限度的喔！我可不想被別人在暗中說壞話，或放到網路上公幹！萬一到時候出事，我會咬出你這個主使者來保全自己！」

說到激動處，他還用力朝我一指。我不禁泛起苦笑。果然材木座就是要垃圾才叫材木座！真是夠垃圾！垃圾到帥氣的境界！

「沒問題，隨你高興。先謝啦。再加碼送你的拉麵一塊奶油。」

「呵，正好補回消耗的卡路里。」

不不不。以今天跑的馬拉松距離而言，想要抵消吃下去的拉麵熱量，我只能告訴你：不可能。

我又對戶塚和材木座道一次謝，看向站在白線前的葉山。

葉山正在跟附近的戶部聊天。他察覺到我的視線，投來淡淡的微笑，如同在問有什麼事。

我搖搖頭，把頭轉向前方。

即使不特別看公園內的時鐘，我也曉得比賽即將開始。

聚集在身後的男生聊天聲，以及附近女生們此起彼落的歡呼聲，都漸漸安靜下來。

現場歸於平靜後，某個人彷彿等待這一刻，緩步走來最前方的白線。

「大家準備好了嗎？」

平塚老師站定位，將信號槍舉向空中。

為什麼這次輪到她……按照往例，鳴槍起跑不都是體育老師的工作？哎喲～這個人真是的～又想做些引人注目的舉動——還是說，她純粹想玩一下信號槍？

老師一手扣住扳機，另一手摀住耳朵。男生紛紛將身體向前傾，場外的女生也屏氣凝神，靜靜地看著。

經過幾秒鐘，老師下達口令——

「各就各位。預備——」

砰——槍聲響起。

所有人像彈簧似的衝出起點。

最開始的一段路是暖身階段，我不求快，僅以不落後葉山為目標。

相較之下，大多數的人一開始便全速衝刺，飛快地從左右兩側跑過。

之所以急著衝出去，是要跑向前面亮個不停的閃光燈——你沒有看錯。聽說是為了製作畢業紀念冊或其他我不知道的理由，馬拉松大賽上有攝影師的存在。

就是有這麼多腦筋有問題的傢伙搶著入鏡，將所有力氣在最初的幾十公尺用光。反正只要被照到，之後大可向別人吹噓：「你看，我前面都保持領先喔！」男生真是白痴得可以。

這些一起跑就拚命狂奔的傢伙，沒多久便耗盡力氣。

因此，真正的勝負是在離開公園，進入步道後才開始。

先前趕著搶頭香的人，現在速度都明顯慢了下來。我輕盈地閃過他們，對材木座出聲：

「交給你了。」

「呼、呼……嗯？喔，好！」

他已經跑得氣喘吁吁，不過一聽到我下指示，又馬上提升速度。但我還是不得不說，材木座終究是材木座，不能要求他跑多快。

葉山跟我一前一後，躍升為領先組。材木座也「咻嚕嚕嚕——咻嚕嚕嚕——」地努力追趕。

我們維持這個狀態跑出公園，轉進右手邊的步道。

材木座就算認真起來，這幾百公尺的路程似乎也到達極限。他漸漸地跟不上，然後在即將離開公園，道路縮到最狹窄處大幅減速。

「啊……不行了……」

材木座大喘一口氣，跑得快要和走路一樣慢，他身後的人跟著減速。當一個龐然大物擋在前面，還走得慢吞吞時，肯定會成為他們的巨大阻礙。

多虧材木座幫忙擋道，我們得以跟後面的隊伍拉開距離。

不過，問題尚未解決。

不管材木座的身軀再龐大，他也不可能把路完全擋住。一群準備追上來的人開始從旁邊鑽出，把他甩到後方。

我三不五時地回頭查看後方情況。好不容易，戶塚帶領的網球社成員正好出現。

我跟戶塚對上眼神，彼此點一下頭。

這場馬拉松使用一般道路做為賽道。如果三人橫向排成一列，就會完全堵住整條路。

所以，我昨晚對戶塚的請求是──當我跑在前面時，盡可能將所有社員聚集在一起。

當然了，這很明顯會妨礙到其他跑者。所以，如果有人想要超過去，讓他們從中間穿過，或從旁邊繞過都可以。

我的目的不是把路完全堵住。

只要帶給更後面的人心理上的壓力，不想超越過去即可。

試想一個情況：不打算認真跑馬拉松的人，看見前方出現一群跟自己速度相當、位居第二領先的團體時，他會採取什麼行動？

十之八九的情況下，他不會超越過去。不把目標放在冠軍，對當前名次感到滿意者，會選擇加入前方的團體，然後靜待機會到來。

實際進入步道後，的確沒有任何人緊跟著我和葉山。儘管到比賽終盤時，可能有人急起直追，到時候對我來說，也已經沒差。

只要現在能維持只有我跟葉山的狀態，便相當足夠。

我牢牢盯著跑在前方的葉山。

舞臺準備就緒。

從現在開始，是只屬於我的挑戰。

× × ×

海上吹來的強烈冷風，讓我的臉頰快要凍僵。體內發出的熱能接觸到冷空氣，使肌膚產生陣陣刺痛。

每往前跑一步，五臟六腑便受到一陣衝擊。

我早已分不清楚，自己聽到的究竟是風聲，還是身體內的臟器擠壓聲。這一陣一陣的聲音逐漸交雜，化為熱氣，被我呼出去。

這時，我嗅到潮水的味道。

沿海道路旁生長著防沙林。回想稍早的起跑處，那裡好像以松樹為多。一路上，景色不斷變化。來到這裡，放眼所見幾乎都是枝葉落盡、如同只剩下白骨的樹幹。

即便放空腦袋，雙腿依舊自動向前推進，有如不等大腦下指令也會輸送血液的心臟。我感覺得出，自己的心跳跟步調正在賽跑。

跑步的過程中，諸多思緒像走馬燈似的浮現腦海，又一一消失。

好在我每天固定騎腳踏車上下學。我本來便不屬於體育型社團，要是再連這點鍛鍊都沒有，根本不可能撐到現在。耐力跑對我來說，並非不擅長的項目。真要說的話，跟其他球類運動比起來，耐力跑可能還算拿手。長久以來，我總是獨自完成每一件事情。跑步這種運動正好如出一轍，既有明確的起點跟終點，又不需配合其他人，造成他們的困擾，只需放空腦袋，或胡思亂想一些有的沒的事情，然後機械性地移動兩條腿即可。

不過，今天的情況不是如此。難受的程度遠遠超過以往。

我可以舉出許多因素，例如今天跑的速度比體育課快、天氣更加寒冷、風勢更強勁，以及昨天晚上思考了一大堆，導致睡眠不太夠……

然而，最大的原因，還是在於前面的葉山隼人。

葉山平時在社團練習，早已習慣這種長距離跑步，所以能夠穩定地跑著，而不顯什麼疲態。他的上半身不會大幅晃動，下半身也很固定，姿勢可說是相當洗練。不愧是去年的冠軍。

至於我自己，跑得氣喘吁吁。即便無視全程體力分配，也只能勉強跟上葉山。好在，這一切也即將畫下句點。

來到這裡，賽況尚未出現變化。我跟葉山依舊保持領先，接著由戶塚帶領的網球社占領第二領先組。看來他們確實有聚集在一起跑，幫我控制住跑在更後面的人。另外一種可能，是大家都想保留體力，等著在後半部急起直追。

還有一些人落在更後方，跟我們所在的位置相距太遠。我回頭大致看一下，都還找不到他們的蹤影。

葉山繼續以不變的速度跑著。在開頭的妨礙計畫奏效之下，我們確實跟後面的人拉開距離，短時間內不至於被追上才是。

接下來，剩下我個人的問題。

目前還沒跑到一半，體力卻瀕臨極限。

從剛才開始，側腹部便不斷作痛，腳底板宛如受到針扎，耳朵也開始發麻。老實說，可以的話，我恨不得立刻回家休息。要是比賽前先吃了東西，現在肯定早已吐出來。

雖然勉強跑了這麼遠，現在不使一點手段的話，自己恐怕沒辦法再跟下去。

我盯著葉山的背影持續跑著。這時，腳下的觸感突然起了變化，冷風也從短褲的褲管灌進來。

原來，我們到了折返處的大橋。

老師們在橋上待命，發給通過者證明用的緞帶。

好不容易跑完全程的一半，我差點因此鬆懈，而吐出一口氣，好在最後勉強忍住，才得以維持住呼吸。

現在還不可以大意。

我稍微加快速度，追上幾步之前的葉山。腳步承受的衝擊隨之增加。

再不這麼做，我將離葉山越來越遠。不得不承認，我跟葉山的腳力簡直是天差地別。要是按照平常的方式慢慢跑，根本不可能製造出只有我們獨處的機會。

因此，我借助戶塚和材木座的力量，同時徹底拋棄體力分配的概念，在前半段用盡全力奔跑。

不惜做到這個地步，都是為了這一刻。

我大口喘了好幾次氣，勉強跟葉山追平。

在此之前從未回過頭的葉山，總算把臉轉過來。他睜大眼睛，略顯訝異地開口：

「想不到你能追到這裡……」

他的氣息沒有一絲紊亂，我則是上氣不接下氣。

「嗯。不分配、體力的話、不是、不可能……」

葉山滿臉不解，似乎想問我為什麼要這麼做。我被他的表情逗笑，結果因為喉嚨乾涸，一發出聲音便嗆得咳嗽連連。待咳嗽止住後，我才緩緩說道：

「反正沒有人期待我能跑到終點。中途放棄也無所謂。」

確實是如此。我何止不把名次放在眼裡，連有沒有跑完都不在乎。只要能不被別人干擾，在通過折返點時追上葉山，之後什麼事情都不重要。為了來到這裡，我將所有精力集中在前半段……話雖如此，自己這麼拚命，也只能苦苦追上用正常步調跑步的葉山，還是會感到空前絕望。我還差點為此大受挫折。好在，折返點已經過去。

漫長的苦行好不容易經過一半時，人們會產生何種想法？

大部分的人不是想到前方還有一半，而感到絕望，便是想到終於過了一半，而吁一口氣。不論是哪種想法，都會在內心製造空隙。

根據我的經驗，這道空隙將使人意識到自己的疲累。想到好不容易跑完一半，稍微喘一口氣的話，強烈的疲勞感將隨之襲來，然後悲觀地想到接下來還有一半，使腳步逐漸沉重。

這樣的空隙和疲勞也是一種機會。人們沒有餘力思考其他事情時，會不自覺地吐露真心話，將積壓在心底的負面情緒抒發出來，如同小町的情況。

所以，前半段我才要這麼拚命。

在一般情況下，不論我們怎麼旁敲側擊，葉山都只會用柔和的笑容敷衍過去。唯一的可行辦法，就是製造讓葉山難以迴避的環境，使他無法保持從容。

葉山對我的出現感到驚訝，但又很快恢復往常的沉穩。由於還在比賽途中，他的表情略顯嚴肅。除此之外，我看不出他有動搖之情。

若想打破他的沉穩，還得再加一把勁。

而且，必須用一句話直接命中下懷。

我硬是憋住紊亂的氣息，強忍胸口的痛苦，歪起嘴角笑道：

「……三浦那個擋女牆，好不好用？」

葉山聽了，露出銳利的眼神瞪過來。他克制住敵意，呼出一口燥熱的氣。沒錯，就是這樣。這正是我想看到的反應。

不過，他似乎打定主意不予理會，只是默默地加快速度。我也擠出力氣追上去，繼續刺激葉山。

「怎麼樣？幫了你不少忙吧？」

我很清楚三浦絕非壞人。我曾經在無意間瞥見她過於直率的性格，所以坦白說，現在得講這種話，我也於心不忍。

既然我都這麼想，聽者肯定也一樣。

「你閉嘴。」

葉山看都不看我一眼，不耐地說道。這三個字帶有威嚇感，跟他平時沉穩的話音大不相同，我差點後退一步。

不過，我還是盡力穩住腳步。

「你要我閉嘴，我就乖乖閉嘴？我並沒有你想像得那麼好。」

我揚起狡猾的笑容，借用某人曾經說過的話。葉山無奈地看過來一眼，發出嘲笑。

「笑話。我從來不認為你是個好人。」

聽到他說得這麼無情，我差點想停下腳步。可是，在這裡鬆懈的話，只會被他甩到後頭。於是我強打精神，看向前方。

「討厭鬼……」

葉山用帶著嘲弄的微笑，回應我的低喃。

「這句話輪不到你說。」

哈哈，完全同意。我自己都差點笑出來。多虧這段對話，我得以誘出葉山不同於往常的反應。最好的時機正是現在。

我再次調整呼吸，使說話不致斷斷續續。

「你選擇文組還是理組？」

「不告訴你。」

「那我猜猜看。是理組。」

葉山聽到我這麼快回應，無奈地發出短嘆。

「……答案也就那兩種，我會上當嗎？」

「不然，換一種說法好了。」

說到這裡，我略微增加速度，奮力抬起沉重的雙腿，衝到葉山前方幾步之處，回過頭對他說：

「你給我選理組。我不知道你怎麼填調查表，也懶得知道。反正現在還有時間，改成理組就對了。」

「啥？」

他罕見地浮現錯愕表情，踉蹌了一、兩步，隨即又穩住姿勢，很快地跟上。

「……虧你講得出這種話。」

這一次，連葉山都有點亂掉陣腳，開始喘了起來。

「有什麼辦法？我必須知道你選的組別，偏偏你不肯回答，又不留線索讓我推測，我當然只好想辦法控制你的答案。」

葉山隼人擁有太多選擇，而無法做出決定。既然這樣，使用強硬一點的手段也沒關係，刪減他擁有的選擇即可。由我代替他決定選擇的組別，同樣能達成三浦的委託。

「這不是本末倒置嗎……」

葉山乾笑幾聲，對我的想法大開眼界。不過，我這麼說其實是有根據的。

「改選理組也有好處。倒不如說，這是滿足你要求的唯一方法。」

「要求？」

他疑惑地問道，腳步略微緩慢下來。我也配合他的步伐，放慢速度。

「你說過，別再用這個問題煩你。換言之，你不想再當大家期望的葉山隼人。」

聽到這句話，他毫無預警地停下腳步。我察覺後，跟著停了下來。

我這才發現自己滿身大汗。到剛才為止，自己一直迎著風跑步，才完全沒有注意到吧。我用運動衫的袖子抹去汗水，看向葉山。

他也茫然地望過來，即使身體沒有什麼疲勞，仍然深深地嘆了口氣。

「為什麼，會那樣想？」

他對我使個眼色，開始用走的，我也踏出腳步。

「沒為什麼。我只是考慮了以你這樣的人，會選擇捨棄什麼。大部分的人都是看自己不拿手、不想做什麼來過濾高三組別。」

若單純論升學考試，以葉山的程度而言，有沒有在學校上課，其實不會造成多大的影響。只要去補習班衝刺一下，便能輕鬆追回進度。因此，他不會以考上志願校系為衡量的重點。

那麼，他又是衡量了什麼，而做出選擇？

唯一剩下的衡量指標，是高三的校園生活，乃至於他的人際關係。

「你也知道，只要大考能夠考好，高三選哪一組根本不成問題。可是，你卻堅持不肯透露自己的選擇。這不正代表，你打算用這個方式捨棄什麼？」

葉山依舊閉口不語，只是默默地走著。我能夠感受到，他保持沉默是為了聽我說下去。

「選擇理組的人本來就少，選擇理組的女生更少。你在那裡的話，至少可以遠離紛紛擾擾。再說，分到不同組別的話，大家也會接受事實，慢慢地離開你。讓關係自然消失，便不會傷害到任何人，也不違背任何人的期待。」

我忍著乾涸的喉嚨，用沙啞的聲音，勉強擠完最後一句話。

「若要滿足你的要求，只有這個辦法。」

葉山也注意到自己在流汗，撥起頭髮擦汗，並且看向大海。

接著，他小聲低喃：

「要好好相處，果然不可能嗎……」

「啊？」

我還來不及發問，後方先傳來急促的腳步聲。始終跟在網球社後面的幾個人，快速往這裡接近。他們大概是見葉山停下來用走的，欲把握機會追趕過去。

我跟葉山只是看著他們遠離。

同一時間，葉山再度開口：

「沒什麼……你真不簡單。」

「怎麼，我猜理組猜對了嗎？」

「錯了。只是覺得，你真的很扭曲。」

他搖搖頭。這是二選一的問題，既然葉山說其中一個答案不正確，便代表另一邊的是正確答案。所以是文組囉——我正要開口時，葉山先用柔和的語調，沉穩說道：

「我討厭你。」

「喔，嗯……」

他絲毫不看過來，唐突地說出這句話，使我頓時無法言語。我很清楚自己不討人喜歡，但這還是第一次被對方當著面直截了當地指摘。葉山不理會我的反應，看著前方遙遠處，淡淡地說下去。

「想到自己比不上你，我便覺得深惡痛絕。所以，我希望你能站在同等地位，才想拉你一把。說不定只是這樣——為了承認自己不如你。」

「……是嗎？」

我想必也是如此。為了把葉山視為特別的存在，藉以讓自己接納一切，我撤下謊言，欺騙自己：葉山隼人絕對是一個好人，這點無庸置疑。

葉山注意到我無意義的點頭，將臉轉過來，露出我所見過最爽朗，同時帶有挑釁意味的笑容。

「所以，我不會聽你的話。」

「是嗎？」

我再點一次頭，葉山也頷首回應。

說不定對他來說，選擇文組或理組從來不是重點。不管去到哪裡，都不會有太大差別。

現在知道這些，已經足以解決三浦的委託。但我也要強調：問題本身並沒有消失，而是接下來的部分超出我的能力範圍。

「差不多該走了。」

葉山說完，旋即跑了起來。大笨蛋，我早就跑不動了啦——儘管心裡這麼抱怨，我仍然勉強跟上去。

我還有一件事情要確認。

我硬是抬起快要不聽使喚的雙腿，拖著自己前進。所幸剛才休息一下，呼吸已經調整回來。我深呼吸一口氣，平復劇烈的心跳。

「……你是因為家裡的關係才選文組？例如牽涉到雙方往來之類。」

「咦？我跟你提過自己家的事？」

葉山的步伐輕盈，說話也毫不費力。若以他的標準，目前的速度恐怕只相當於慢跑。

「不，只是剛好聽到……」

身體出汗後開始降溫，寒冷的海風又陣陣吹襲。冰冷和黏膩的不快感，再加上突如其來的詭異沉默，使我忍不住縮了一下身體。

這時，又有一個人超越過去。

不過，葉山似乎早已不在意名次，他只是興味盎然地看著我，思索好一會兒，才開口：

「你該不會，在意那個謠言？」

「啊？得了吧，才沒有……只是，嗯——該怎麼說……」

我一時想不出該如何回答，葉山見了，笑出聲音。他先前的跑步姿勢那麼流暢，現在卻笑得上半身微微抖動。

「……有什麼好笑？」

葉山誇張地抹一下眼角。

「抱歉、抱歉。這件事情你不用擔心，我會處理好的。」

「喔，那真是太好了。不然社辦一天到晚緊張兮兮的，心臟都快負荷不住。」

談到這裡，後方又有呼吸聲漸漸靠近。我扭過頭去，再看回前方，先前超越我們的幾個人，應該已經跑得很前面了。

我的腿沉重得像被綁上鉛塊，再也不聽使喚。

「被超前很多了呢……乾脆慢慢走吧。抱歉啦，讓你沒辦法蟬聯冠軍。」

葉山對我的提議搖搖頭，甩幾下手活動筋骨後，咧嘴一笑。

「……不用，我會贏的……這才是我。」

他的意思是獲得冠軍、回應大家的期待、好好地扮演「葉山隼人」到最後，才是屬於他自己的行事風格。

他漸漸加速，跟走得慢吞吞的我拉開幾步後，回過頭來。

「而且，我不想輸給你。」

葉山拋下最後這句話，衝了出去。

我只能看著他消失在遠方，再也沒有力氣追著他跑。

那個人回答出我想不到的答案，想像著我絕不相信的可能，漸行漸遠。

可惡，未免太帥氣了吧！

難不成，他同樣是不服輸的人——我隨意把玩這個念頭，繼續跑著。忽然間，右腳打到左腳的小腿肚。

我的雙腳打結，控制不了平衡，當場倒了下去。我沒有馬上爬起，而是直接躺在地面，望向天空。

口中呼出的白色煙霧，緩緩融入冬日晴朗湛藍的天空。

×　×　×

馬拉松大賽當然不會受我跌倒影響，按照原訂計畫順利進行下去。

我在原地躺了好一陣子，直到戶塚經過時，才被他扶起來。為了避免帶給戶塚更多麻煩，我要他先繼續跑，自己忍著疼痛的雙腿，咬牙跑完全程。

儘管沒有落到墊底的下場，最後跟吊車尾集團衝刺時，我幾乎要把全身的精力榨乾，通過終點的瞬間，還忍不住想看看四周，詢問：「已經……可以了吧……（註45）」順帶一提，只有一起跑到終點的材木座回應我。

好不容易跑完後，兩條腿咯咯咯地顫抖，好像快要笑出聲音。這可是貨真價實的微笑小香香（註46）喔……

我跌坐到地上，檢查自己的慘狀。結果，真的只能寫個慘字。

大小腿磨到破皮，短褲沾滿泥巴，臀部抽筋，側腹部也痛個不停。想找哪塊地方不痛，幾乎不太可能。我以為自己已經夠讓人頭痛，沒想到今天痛的程度還有機會刷新記錄（超痛）。

要不是途中不斷為自己「加油♡加油♡」地打氣，我的生命值大概早就歸零。

而且，當我抵達終點時，理所當然地沒有任何人夾道迎接。

註45　出自動畫《AIR》角色神尾觀鈴之臺詞。
註46《LoveLive！學園偶像祭》矢澤妮可之口頭禪。

真要說的話，只有體育老師在終點應付一下，其他學生都湧入公園廣場。

我走向廣場查看情況，頒獎儀式進行到半途，一色正在臺上主持。

按照原訂計畫，馬拉松大賽其實沒有頒獎儀式。大概是學生會臨時決定的吧。想不到一色滿有能力的，真是後生可畏。

「現在──名次已經宣布完畢。接下來，請優勝者上臺發表感言──」

一色握著從學生會辦公室帶來的麥克風，興高采烈地介紹，看起來相當嗨。副會長調整音響的模樣，同樣感覺很特別。

我隨意環視一下，一、二年級的男女學生幾乎都聚集在此。由比濱、三浦、海老名、戶部、戶塚等班上同學，當然也沒缺席。

接著，一色對觀眾宣布：

「讓我們歡迎本屆冠軍，葉山隼人學長上臺──」

戴著桂冠的葉山一步上簡易舞臺，底下的人立刻爆出歡呼。所以說，他最後真的贏了喔……

「葉山學長，恭喜你衛冕冠軍──我也一直相信，你絕對會贏的！」

「謝謝。」

一色毫不掩飾自己的偏袒，葉山則是以沉著的笑容應對。

「那麼，請學長發表感言。」

他接過麥克風，四周又掀起鼓掌聲、口哨聲，以及「隼・人・隼・人」的歡呼聲。戶部不時穿插「嘿」、「哈」、「喝喝哈哈」的吆喝，真是夠煩。

葉山帶著不太好意思的笑容揮手致意後，開始發表感言。

「雖然途中滿驚險的，多虧強勁對手的刺激和大家的打氣，我才能在最後奪下勝利。非常感謝各位。」

他流暢地說到這裡，暫停一拍，從觀眾群裡找出三浦的身影，向她揮手。

「特別是優美子，還有伊呂波……謝謝妳們。」

此話一出，臺下響起更熱烈的歡呼。大岡拚命吹口哨，大和也用力地拍手。被點到名的三浦和一色，更是驚訝地呆立在原處，過了一會兒才害羞地扭動身體，低下羞紅的臉。由比濱輕輕拍了拍三浦的肩膀。

其他人見到葉山溫暖的眼神，以及另外兩個人的反應，開始議論紛紛。原來先前他說的「會處理好」，是這個意思。

得獎感言尚未結束。

「接下來，我會全心投入社團，好好準備高中的最後一場比賽……還有足球社的聽好，你們一堆人跑的成績根本不能看，回去後我會好好鍛鍊一番。最好把皮繃緊一點。」

葉山露出燦爛的魔鬼笑容，對戶部那群人說道。戶部聽了，大聲發出哀號，整個人往後倒。

「咦～～隼人——哪有這樣——你要早點講啊！」

他的嗓門不輸給臺上的麥克風，所有人聽了都爆出笑聲。這個世界真和平……

「好～非常謝謝葉山學長的冠軍感言！請大家報以熱烈掌聲——第二名之後就不用上臺了吧？」

一色沒事找事做，趁觀眾用力鼓掌時向副會長偷偷詢問，聲音卻被麥克風完全捕捉到。她到底在搞什麼……

她趕緊為自己的失言辯解。同一時間，葉山走下舞臺後，跟三浦那群人談笑起來。

他們現在的互動，看不出之前的距離感。三浦成為大家注目的焦點，還不太好意思地躲到由比濱和海老名背後。

我看到這裡，便離開廣場。

我已經親眼見證葉山隼人表現在外的一面。儘管那可能只是專為順應眾人期待所打造，表面為人、實則為己的偽善演員，但能做到如此完美的地步，我也沒有什麼話好說。

離開廣場時，正好遇到散場人潮。人潮中的男男女女，皆有意無意地聊起剛才的話題。

「那個謠言果然只是假的」、「葉山跟三浦還是很要好嘛」——我側眼看著這一幕，拖著傷腿走向學校的保健室。

× × ×

校舍內一片幽靜，溫度遠比公園的廣場低。

大部分的人都還沒從馬拉松大賽回來。他們大概想再享受一會兒自由吧。

我換上室內鞋，進入杳無人煙的特別大樓。光是這樣走著，腳上受傷的地方便不斷作痛。

好不容易來到保健室，我輕敲大門。

「請進。」

裡面傳來熟悉的聲音。開門一看，果不其然，出現在裡面的是雪之下。她身著體操服，坐在椅子上，對我露出不解的表情。

「……比企谷同學？我還以為是由比濱同學來了。」

「她還待在公園。倒是妳啊，怎麼會在這裡？」

「途中稍微休息一下，就被判棄權……」

雪之下咬著牙根，忿忿地說著。原來是一點也不意外的中途棄賽。不過，看她那麼懊悔，原本應該是很想跑完吧。

「那你呢……受傷？」

她注意到我的雙腿，不忍地瞇起眼睛。

「嗯，有點擦到。」

我死也不會承認自己是絆到腿跌倒，太丟臉了。更何況，即使老實承認，也只像個宣稱「不是啦！真的只是我不小心跌倒」的家暴受害者。現在最好別再引起更多誤會，讓她以為我受到家暴。

「為什麼不直接在那裡療傷？保健室的老師不是在場？」

「我到終點的時候，人都跑光了……」

雪之下聞言，輕撫下顎思索一陣。

「真不巧……看樣子，你的運氣不太好。或者是眼神。」

「對對對，還有個性跟心地也不好。不說這些了，消毒水我可以直接拿來用吧？」

擺放藥品的櫃子沒上鎖，我自動在裡面翻找。雪之下不禁嘆一口氣。

「……還要加一個手管不好。」

她站起身，揮手把我趕開櫃子前，從中取出消毒水和繃帶，接著指向面前的椅子。

「在這裡坐好。」

「不用，這點小事我可以自己來。」

「快一點。」

我不太甘願地乖乖坐上椅子，雪之下也把原先坐的椅子搬過來。

她開始為我腳上的傷口消毒。稍微彎下身體靠近時，刺鼻的消毒水氣味中，混入柔和的肥皂香。

傷口接觸吸飽消毒水的棉花，立刻竄過一陣又痛又癢的感覺。她對這類急救似乎很生疏，戰戰兢兢夾著棉花的手因為施力不當，消毒水不時滲入傷口。

「啊！喂！會、會痛啦……」

「有什麼辦法？這代表正在殺菌，對比企谷菌當然有效。」

「但也不要把我當成細菌好嗎？」

「所以請你好好忍耐。」

這是良藥苦口的道理嗎？我到現在都還不是很相信。如果真的越苦越好，我的人生早就一飛沖天了。

話說回來，雪之下也多少聽進我的話，減輕接觸傷口的力道，動作也謹慎許多。這一次，輪到搔癢的感覺襲來，我勉強壓抑身體，以免自己隨時可能跳起來。

完成大範圍的擦傷消毒之前，我們再也沒有說話。我漸漸適應消毒水帶來的刺痛，全身不再緊繃。雪之下在我的腿上纏一、兩圈繃帶後，緩緩開口：

「聽說你跟葉山同學一起跑……有沒有問到什麼？」

「嗯。至少知道不是理組。」

我想不出更正確的表達方式，只能如此模糊回答。雪之下輕聲笑道：

「這是什麼說法……好了。」

她滿意地舒一口氣，把臉抬起。我們之間的距離，瞬間拉近到臉頰快碰在一起。

「……」

兩個人就這麼僵住。

雪之下的肌膚宛如冬天的白雪，烏黑的雙眼彷彿在盪漾，每眨一下，修長的睫毛跟著輕柔搖曳。往底下走，是姣好尖挺的鼻梁，以及綻放笑容、呼出熱氣的嘴唇。

她削瘦的的肩膀微微一顫，瀑布般的長髮隨之晃動。

我趕緊往後仰，跟她拉開距離。結果不知動到什麼地方，某處的傷口突然痛了一下。

「嗯……謝謝妳幫忙消毒。」

「……沒什麼，不是什麼大不了的事。」

我用道謝蒙混過去，雪之下也重新坐好，把臉別向一旁。

接著，現場陷入沉默。

由於沒什麼事好做，我看了看雪之下綁的繃帶。繃帶上的打結處，出現一個小小的蝴蝶結……所以她剛才說的「好了」，是指這個嗎……不是有其他東西可以固定繃帶，為什麼不用？在繃帶上打蝴蝶結，是要裝可愛嗎？

我看著蝴蝶結，忍不住笑了起來，心情也輕鬆了些。

我坐直身體，這個舉動引起雪之下好奇，她略微把頭偏向一邊。

接下來，有個問題想問她看看。

「能不能問問看，妳要選什麼組？」

她輕吐一口氣，猶豫半晌，舉起手準備放到下顎，卻又在胸口處停下。

「我是國際教養科，沒有選組的問題……」

「……也對。我只是想問問看，別放在心上。」

我之前便料到她會這麼回答，但實際聽到時，還是感到滿足。雖然這不過是一種自我滿足。

我告訴雪之下不用理會這個問題。不過，她把停在空中的手放回大腿，低下頭看過來。

「你第一次問我這種事情呢。」

「是嗎？」

我故意裝傻。

在今天之前，我的確有很多向她詢問私人問題的機會。只不過，我每次都畫清界線，絕對不跨越半步。因為我始終認為，那是不被允許的事。

雪之下清了清喉嚨，從斜下方注視我的雙眼。

「……不過，我算是會走文科。」

「是喔。」

「沒錯。所以……可以說是跟你們一樣。」

她泛起微笑，像極了出遊前夕的少女。

「以分組來說的話。」

我也選擇文科，由比濱應該同樣是文科。

這種分組方式或許沒有什麼意義。到了最後，大家終將各奔東西，前往不同的世界。好比當年還沒長大的三人組，他們也沒辦法永遠待在一起。隨著時間流逝，我們的樣態註定會產生變化。

唯有已經發生的事實不會改變。這些事實可能成為束縛一個人的枷鎖，也可能成為維繫人與人的樁柱。只要跨越過去的一步能留下足跡，便相當足夠。

「那麼，我回教室啦。」

「嗯，再見。」

雪之下簡短道別，舉起手輕揮幾下。我點頭回應後，起身走向門口。

正要開門時，門先「喀噠」地晃了一下。原本以為是風灌進來，我打開門，面前赫然出現一個人影。

「唔喔……嚇我一跳……」

我按著劇烈跳個不停的心臟，門外的由比濱也愣在原處，半天發不出聲音。

「……啊、嗨——」

「由比濱……妳剛到嗎？」

「咦？喔，對啊。我正準備敲門……」

經我這麼問，由比濱才慢好幾拍地驚訝起來，匆匆忙忙解釋。她闔上眼睛，調整氣息後，又立刻抬起頭，走進去對雪之下大聲說：

「小雪乃——對不起我來晚了！」

她坐到雪之下的對面。雪之下略顯訝異，隨後又搖搖頭，微笑著告訴她：

「沒關係，我在這裡也不無聊。」

「那就好……啊，既然自閉男也在，正好可以一起說。」

由比濱轉過來，對我招手。

一直讓門口敞開也不好。僅僅一牆之隔，室外就比室內冷上許多。

我回到保健室內，四周再度恢復暖洋洋的。雪之下跟由比濱肩並著肩，坐在暖氣機口。

「今天不是要跟優美子報告結果嗎？不過，她接下來要直接去參加慶功宴。怎麼辦？」

由比濱不安地問道，雪之下靜靜地輕撫下顎思考。

「……看來只能等回去的時候，過去告訴她了。」

「是啊。」

「直接說一起參加不就好了嗎！」

聽到由比濱的哀號，我跟雪之下面面相覷。這儼然已經成為固定戲碼，我們彼此點一下頭，不約而同地開口：

「能去的話就去。」

「到時候看情況決定。」

「聽起來很像最後還是不會去耶！」

由比濱受不了似的嘆一口氣。

「好吧，算了。至少比之前進步……」

她滑動椅子的滾輪到雪之下身旁，輕聲說道：

「那麼……我們大家，一起去吧。」

接著，她輕輕貼上雪之下。

「……這樣很難過。」

雪之下因為燥熱而皺一下眉，但還是繼續讓由比濱貼著，沒有把她拉開。由比濱同樣沒有挪動的意思，在暖氣機的熱氣下，漸漸浮現幸福的表情。

保健室的老師一回來，肯定會把我們趕出去……

無妨。在那之前，我也留在這裡多取一下暖吧。

8

於是，他與她的過去未來相互交錯，於現在畫下句點

夕陽完全隱沒後，氣溫跟著直直下探，風勢也更加強勁。沿著公園通往車站的道路旁，枝葉落盡的枯木在北風中擺盪。

我拉緊大衣領口，用圍巾完全罩住臉的下半部，跟在雪之下、由比濱和三浦的後面走著。今天我們停止社團活動，在三浦前往慶功宴的路上，向她報告委託的解決結果。

三浦圍著格紋圍巾，自豪的卷髮在風中飄逸。

「是嗎……隼人他，選文組啊。」她低喃道。

「嗯。感覺，是這個樣子。」

由比濱搔搔頭上的丸子，說得不是很有把握。沒辦法，畢竟這是聽來的消息，身為消息來源的我又缺乏可信賴性。真是對不起喔～委屈妳了～

三浦聽完她的回應，踢著隨意套上的鞋子，一臉平靜地看向天空。

「那麼，我也選文組吧。」

「這麼草率地決定，沒有問題嗎？」

雪之下的語調雖然柔和，也有點責備的味道。三浦沒有看向她，依舊仰望夜空中的星星。

「我沒有什麼特別想做的事。到時候要考理組科目的話，去補習班上課不就好了？」

如果她擁有媲美葉山的頭腦，這個方法確實可行。不過，實際上又是如何呢？認為她的想法太樂觀的不只我一人，雪之下也面露難色，由比濱則是不停點頭。妳啊，成績在我們之中可是最危險的喔……

不過，我的擔心似乎只是多餘。

「大學可以重考，這件事……可就沒有重來的機會。」

說到這裡，三浦停了下來，踮起腳尖，把手背到後面。我無法得知三浦的表情，但還是猜得到，她此刻的雙眼，一定跟冬季的天空一樣清澈。

「喜歡上那種人，可是很辛苦的喔。」

「喂！你喔——」

由比濱用手肘頂過來，要我別再多嘴。三浦也轉過頭瞪我一眼。

「啥？這種事還需要你講嗎？」

「不、不需要……」嗚嗚嗚……三浦好恐怖喔……

過了好一陣子，她才收回銳利的視線，繼續往前走，並且發出嘟噥，像是要反駁我的話。

「包含那種，該怎麼說……麻煩的部分在內——」

她輕盈地轉過身，大衣的下襬和光亮的金髮跟著飄動。

「不覺得都很棒嗎？」

三浦略顯難為情地露出笑容，這麼說道。

既然能帶著那麼燦爛的笑容說到這個地步，我也不得不佩服她。原來還有這麼簡單的表達方式。正因為跳躍、簡潔、單純，更顯現她最純粹的憧憬。

我出神地望著三浦的笑容，直到她有所察覺，這才收起笑意，板回臭臉快步往前走。

「原來……這樣也可以。再簡單一點，也沒關係……」由比濱發出低語。

她緊抓著大衣胸口，一旁的雪之下也浮現驚訝的表情，動也不動地凝視三浦。

但是我想，這沒有什麼好驚訝。之前畢業旅行時，三浦便已掌握葉山的意向和海老名的意志。因此，即使是懸在半空中、七上八下的情感，自然也很有機會接近「真物」。而且別忘了——三浦這個人啊，可是有著一副老媽性格呢！

三浦注意到我們沒有跟上，又調頭走過來。

「結衣，謝囉。」

她看著由比濱，拍拍她的肩膀，接著轉頭瞥過來一眼。

「喔，也謝謝自閉鬼。」

未免太敷衍，毫不掩飾「我只是順便跟你道謝」的態度……而且，我才不叫自閉鬼……算了，無所謂。

「還有……雪之下，也是……另外，那個……」

三浦再轉向雪之下，吞吞吐吐好一會兒，最後總算下定決心，跟雪之下對上視線——

「對不起。」然後，用力低下頭。

雪之下疑惑地眨了眨眼睛，才輕輕笑出聲，抬起戴著手套的手，撥開肩上的頭髮。

「我一點也不在意。倒不如說，妳有勇氣一個人直接到社辦理論，這點我相當讚賞。」

「哈！妳也太自以為了吧？真教人火大……虧我還跟妳道歉。」

儘管兩人的對話充滿火藥味，語氣倒是很平靜。由比濱在一旁看得心癢，最後再也忍不住，撲到她們身上。

「好！那麼，大家一起去慶功宴吧！」

「我不——」

雪之下想掙脫由比濱的擁抱，同樣動彈不得的三浦看她一眼，說：

「妳也來吧。」

「……也好。去一下吧。」

她短暫猶豫幾秒，隨即泛起淺笑答應。三浦再度把臉別到旁邊。

慶功宴的地點是一間燈光美、氣氛佳的英式小館。葉山集團和一色等大部分的學生早已抵達，嘻嘻哈哈地好不熱鬧。

實際看起來，慶功宴根本不是要慶祝馬拉松大賽圓滿落幕，而是恭喜葉山得到冠軍。除了先前提到的人，戶塚、材木座也都到場。

三浦一進入店內，立刻走去找葉山。由比濱猶豫著該不該跟過去，看到雪之下對她點頭，才抱歉地笑了一下，追上三浦。

留在原處的我和雪之下簡單點好飲料，靠到角落的吧檯上。

「辛苦了。」

「嗯？喔。」

雪之下舉起玻璃杯，我也舉杯回敬。我們都不是很喜歡這種吵吵鬧鬧的地方。待在角落欣賞大家愉快的樣子，對所有人來說都是最好的距離感。

兩人就這樣默默地看著現場，經過一陣子，到處寒暄的葉山注意到我們的視線，往這裡走過來。主角真辛苦……

「嗨……謝謝你們來參加。」

「沒有什麼。」

雪之下搖搖頭，我也點頭同意，並且想著要不要說句恭喜的話。不過，葉山先一步向雪之下低頭。

「對不起。最近……因為奇怪的謠言，造成妳的困擾。」

這瞬間，雪之下詫異地說不出話。不過，她很快回過神，再度提起之前在社辦說過的話。

「這算不上困擾。跟當時比起來，根本沒有什麼。」

「當時嗎……」

葉山低聲複誦，露出苦澀的表情。雪之下的面容也蒙上陰影。

「……現在我多少瞭解，當時說不定有更好的做法。所以，我也算是造成了你的困擾……對不起。」

這次輪到雪之下低頭道歉。她抬起頭後，帶著懷想過去的眼神補充：

「不過，謝謝你那麼在乎我。」

葉山睜大眼睛，滿臉驚訝地看著她。

「……妳不太一樣了呢。」

「是嗎？我只確定，現在有許多事情跟以前不同。」

雪之下看向由比濱，接著瞄過來一眼。我覺得自己好像聽到不該聽的對話，心神不寧地滑開視線。

她輕笑一聲，重新看向葉山。

「你也不需要繼續被束縛在過去……不用勉強自己追逐誰的身影。」

「……這也是我的特色啊。」

葉山得意地笑道。

這時，由比濱從他的背後出現，後面還跟著戶塚。由比濱感染到現場氣氛，興奮地拉住雪之下的手。

「小雪乃，料理上桌囉！有全雞耶！而且是烤的！」

「看起來很好吃喔！八幡也一起去吧！」

「好！」正當我尷尬不已，恨不得離開現場時，戶塚帶著陽光般的笑容漂亮救援。我二話不說，馬上要跟著戶塚離去。就在這個當下，葉山輕輕按住我。

「我們馬上去……對吧，比企谷？」

他對戶塚和由比濱淡淡一笑，由比濱隨即點頭。

「那麼，我們先過去囉！」

結果，她不等我說什麼，便帶著雪之下離去。戶塚也揮揮手，走回原本的座位。

啊啊……我也好想跟戶塚一起吃烤雞……

三個人離開後，葉山晃一下玻璃杯，杯中冰塊發出清脆聲響。

「她果然有點不同了……現在看起來，已經不再追逐陽乃的影子。」

他瞇眼看著雪之下，視線稍顯銳利。接下來的說話聲，也轉趨陰沉。

「……不過，也只是這樣。」

「有什麼不好嗎？」我想也不想地開口。

對雪之下而言，這無疑是一種成長。她無時無刻不受到比較，比較的對象還比自己優秀。這是她長期追逐陽乃的影子，渴望得到不同於陽乃的事物，一路掙扎過來的證明。所以我認為，雪之下得以為此自豪。

然而，葉山茫然看著我，苦澀地仰頭喝光飲料，嚴肅問道：

「……你沒有發現嗎？」

「發現什麼？」

「算了，不知道也好。」

「這種說話方式真討厭。」

「過去有人常這樣對我說話，就自然學了起來。」

聽到他的苦笑，我便想起某個認識的人，的確也會這麼說話。

由比濱他們回到座位後，三浦和一色迫不及待地對葉山揮手，要他趕快過去。

葉山也揮手回應，正要動身時，忽然「啊」的一聲想起什麼，轉過來對我開口：

「對了，忘記說一件事。」

「啊？」

「關於你認為我不肯透露選擇組別的理由。絕對不是為了切斷關係，人際關係才不會因為分班或升學就歸零。」

「不，當然會歸零。」

「只有你會歸零吧。我跟你不同。」他揶揄道。

「是嗎……那你為什麼一直不說？」我聳了聳肩。

葉山喝光飲料，吐一口氣，然後露出些許落寞，如同對著墓碑下的永眠者傾訴似的，幽幽開口。

「選擇唯一被允許的選擇，才不叫作自己的選擇。」

這一刻，我終於明白，葉山並非不肯透露自己的選組。

真正的原因，是他說不出口。連「不回答」這一點，都不是他的個人意志。

從過去到現在，葉山總是忙於應付周遭的期待和希望。到後來，他漸漸變成只會滿足大家期望的機器，一旦不是最適當的答案，便不被允許。葉山告訴戶部「不認真考慮的話，一定會後悔」的背後，正顯現出他自身的滿滿後悔。那句話其實是他的懺悔。

今後，葉山勢必會繼續滿足眾人的期待。只不過這一次，他將帶著個人意志這麼做。

因此，至少要有我這個人出來否定，讓他瞭解：世界上還是有人不對他強加期望。

唯有精準命中要害的否定，才是真正的理解；冷漠的背後，其實是真正的溫柔。不經過一番理解便妄加肯定，只會使他的枷鎖更沉重。

「我也忘記說一件事……我同樣很討厭你。」

我拋出這句話，隨即把臉別開。葉山訝異地睜大眼睛，然後噗哧一笑。

「是嗎？這搞不好是我頭一次被當著面說這種話。」

他收起笑容，滿意地說道，接著離開吧檯，踏出一步。

「不過……我還是不會選擇。因為我相信，這是最好的方式。」

不過是種自我滿足——他笑著補充最後一句話，走回自己該去的地方。

然而，我絲毫笑不出來。

如果有誰批評葉山隼人的答案不老實，他是否又能提出不同於葉山，並且讓人滿意的回答？

我喝一口薑汁汽水，看向大家所在的地方。

薑汁汽水流過喉嚨，留下一陣辛辣。

第三手札 若是如此，那篇獨白又屬於誰？

這本書早已翻閱不知多少遍。

印象中，自己曾經和故事中的牧羊人感同身受。

仔細想想，那些什麼正義、信實，還是所謂的愛，全都無聊得要命。一切都可笑至極。

每次這麼想道，故事中的臺詞便浮現腦海——

我受到朋友的信賴。我受到朋友的信賴。

對我而言，這無疑是惡魔的呢喃。在悅耳的話語媚惑下，自己逐漸化為信賴的怪物，內心不斷吶喊「不可饒恕背叛者」。

越是發現自己的惡性，只會越想辦法隱瞞掩蓋。結果，隱瞞的事物成為他人眼中的真實，最後竟然披上真實的姿態，變得理所當然。

若要問是否只是如此，恐怕會沒完沒了。因為我實在沒有辦法判斷。

所以，我一直等待著，能夠看透自己的人出現。

在等待的過程中，我漸漸認同起邪智暴虐的君王。

故事中的君王無法信任任何人。

不過，最後的結局如何，讀過的人都很清楚。

儘管如此——

真正的結局，又是如何？

君王說，人心不可倚賴。

直到現在，邪智暴虐的君王，仍舊不相信「信實」的存在吧。

不論是親身嘗試，或者親眼見證事實，他仍然不會相信。因此，他才想要深入內部，再試一次、破壞一次看看。

如果說，三天內閃過那麼一次懷疑的念頭，便得挨一拳做為代價，真正應該挨拳的又是誰呢？

我闔上書本，望向窗外。

夕陽已經沒入地平線，搖曳的最後一縷殘照，也消失殆盡。

信實，或是真實，原來不是空虛的妄想——

為什麼君王有辦法說出這句話？

所謂的真物，是否真的存在？

9 然而，雪之下陽乃如是說

我夾好書籤，把書扔上桌面，把頭抬起。假日來到千葉車站附近的露天咖啡店，可以欣賞來來往往的出遊人群。

一月也即將結束。今天的天色陰沉，氣溫嚴寒，為什麼還特別挑這種地方見面……我披好大衣，露出怨恨的眼神，看著好不容易出現的人。對方對我揮一揮手，在櫃檯快速買好咖啡，來到我面前的座位。

「久等了——」

這個人是雪之下陽乃。她打招呼的聲音，跟在昨晚突如其來的電話裡一樣開朗。

雖然我奉行不接陌生來電主義，碰到鍥而不捨的奪命連環叩，還是得舉白旗投降。說不定對方真的有什麼要緊的事——我轉念一想，接起電話，對方劈里啪啦地交代時間地點便馬上掛斷，之後輪到我撥回去要婉拒，卻換她不接電話。於是，才

有了現在這個局面……

「……請問，妳怎麼知道我的手機號碼？」

「跟隼人問來的啊☆」

陽乃裝可愛地回答，絲毫不覺得自己哪裡不對。回頭想想，之前的確告訴過葉山自己的手機。那個混蛋，竟然又輕易地轉交給最不能告訴的人……

既然她都知道了，也已經無濟於事，只能回去後把她的號碼列入拒接名單。我轉而詢問找我出來的原因。

「那麼，今天有什麼事嗎？」

她見我直接進入正題，不太高興地鼓起臉頰，瞪來一眼。

「難得的約會，怎麼這麼冷淡——跟對比濱妹妹的態度差好多喔～」

「約……那才不是約會，我們現在也不是在約會。」

我支支吾吾地辯解。陽乃從容地笑了一下，指向自己。

「你不喜歡我這樣的美麗大姐姐嗎？」

「像那樣自稱美麗大姐姐的人，被討厭也怪不了別人吧。」

她點點頭，抬起眼睛看過來，酸溜溜地回敬：

「不過，你應該更討厭認為自己是美女，卻從來不吭聲的女生吧？」

「……沒錯。」

我不爭氣地承認了……坦白說，那種女生的確有點……

真要說的話，我當然喜歡美女大姐姐。

唯一的例外就是雪之下陽乃。每次碰到她，心裡總會先湧出其他情感。

我害怕這個人。從完美的外表，到被看穿也不遮掩的苛刻內在，以及彷彿埋藏著什麼的深邃瞳孔，在在都教我害怕。我偷偷移開視線，重複先前的問題。

「回到正題，今天特地找我出來，究竟有什麼事？」

「啊，對喔。我是來跟你對答案的。問過雪乃的志願沒？」

「……知道是知道。但由我說出口的話，對她不太公平。」

「哎呀，很講義氣嘛～所以說，她告訴你了嗎──看樣子，你很受那個人信賴呢。」

陽乃如同在看一幅會心一笑的光景。由其他人說這種話，感覺亂難為情一把的。再加上保健室內的會話浮現腦海，我不禁摀起開始發燙的臉頰。

「……是嗎？我不認為那是信賴。」

「什麼嘛～原來你也很清楚。」

我瞬間啞口無言。原本只是隨口回應，想不到陽乃不帶任何笑容，滿臉無趣地這麼說。她的話不斷在我的耳邊迴盪。

陽乃喝一口咖啡，輕撫杯緣，用幽暗的雙眼看過來。

「沒錯，那才不是信賴……而是某種更殘酷的事物。」

她的嘴唇愉悅地上揚，話音卻極其冰冷，跟先前簡直判若兩人。

「她還是一點都沒變，繼續安於現狀。這是她可愛的地方沒錯……但是，我非常不喜歡。」

她無情地扭曲修長美麗的臉蛋，雙眼牢牢抓著面前的我，卻又彷彿不是看著我。為了拉回她的視線，我直接把未整理好的思緒說出口。

「不是信賴的話，會是什麼？」

「誰知道？我只能確定——」

陽乃誇張地聳聳肩，掠過一抹笑容，聚焦在我身上。

「至少不會叫作真物——你說過的，對吧？」

我的確說過這句話。那是欠缺概念，連我自己都不理解、無法掌握，空有信念的字眼。

「真物」——也許是真實，也許是信實。現在的我還不知道，哪一種才有資格稱為真物。

「所謂的真物，真的存在嗎……」

陽乃抬起頭，望著厚重的雲層低喃。那透出些許寂寞的話語，究竟是向誰發出的提問？

我在不經意間想起，有人說那是閉塞的幸福，有人問我「難道沒有察覺到」。坐在我面前的雪之下陽乃，更是直接懷疑「信實」是否存在。

我伸出快要顫抖的手，輕觸桌上的文庫本。

飽受寒風吹襲的書本變得冰冷。我的內心開始動搖，是否該繼續讀下去，看到故事的結局。

後記

各位晚安，我是渡航。

完全進入秋天了呢！讀書之秋、體育之秋、食欲之秋、藝術之秋、勞動之秋、勤勞之秋、社畜之秋……在各式各樣的秋天中，大家是如何度過的呢？我一年到頭不分季節，永遠都在工作，所以整顆心早就飛去新年了！

不過，漫漫秋夜正適合閱讀與寫作。靜謐、沁涼……這是我最能有效運用獨處時光的季節。儘管以條件來說，冬天並沒有什麼不同，還是要在這樣的時刻，才能看見許許多多的事物。

為什麼非得工作得這麼辛苦？夜晚比較長不代表一天跟著變長，實際工作時間一樣的話，睡眠時間也不可能比較多啊——我當然會產生這些負面的想法。但是，我也會用快樂、正向的想法激勵自己。在大部分的情況下，看著窗外廣漠的幽暗，只會讓我想見黯淡的未來。然而，也因為正視這些負面想法，我們才得以看見光明。

這樣的時刻，總是讓人們對某個對象，或某一群對象留下些許獨白。

永無天日的冬夜中，或是辛苦走在寒風強襲的路上，說不定能發現尋找以久的答案。關於他的答案和她的疑問是對或錯，我們暫且不討論……那究竟是相似的人相遇時產生的親切感？抑或是絕對性的差異造成之隔絕感？向前踏出一步，得到解答和疑問後，他將做出什麼樣的選擇？

如此這般，《果然我的青春戀愛喜劇搞錯了。》第十集在此結束。

以下是謝詞。

ponkan⑧神，嗶——這次是邪惡的大姐姐陽乃登上封面喔！我每個星期都很期待《SHIROBAKO》播出喔！真是太棒了！非常謝謝您。

責任編輯星野大人，唉～呀，下次一定沒問題的啦！哇哈哈——我已經把這句話掛在嘴上很久了呢……真的非常不好意思，也很謝謝您。唉～呀，下次一定沒問題的啦！哇哈哈哈！

跨媒體平臺的所有工作人員，這次也因為我的任性，而為各位添了諸多麻煩。我很期待越來越展現不同魅力的《果青》，非常謝謝大家。

此外，我在撰寫本書時，參考了《人間失格》、《跑吧！美樂斯》兩部作品。

所有讀者大人，故事終於進入終盤，雖然接下來仍會繼續迷航，但也確實地往終點推進。如果各位能夠支持到最後，將是我的莫大榮幸。謝謝你們。

那麼，篇幅也用得差不多，這次請容我在這裡放下筆桿。

十月某日，喝著「天冷下來就是要來一罐！」的暖心ＭＡＸ咖啡　渡航

浮文字

果然我的青春戀愛喜劇搞錯了。10

（原名：やはり俺の青春ラブコメはまちがっている。10）

著者／渡航
譯者／涂祐庭
執行長／陳君平
協理／洪琇菁
執行編輯／呂尚燁
內文排版／謝青秀
封面插畫／ponkan ⑧
榮譽發行人／黃鎮隆
國際版權／黃令歡、高子甯
美術編輯／李政儀

出版／城邦文化事業股份有限公司　尖端出版
台北市中山區民生東路二段一四一號十樓
電話：（〇二）二五〇〇—七六〇〇
傳真：（〇二）二五〇〇—二六八三
E-mail：7novels@mail2.spp.com.tw

發行／英屬蓋曼群島商家庭傳媒股份有限公司城邦分公司　尖端出版
台北市中山區民生東路二段一四一號十樓
電話：（〇二）二五〇〇—七六〇〇（代表號）
傳真：（〇二）二五〇〇—一九七九

中彰投以北經銷（含宜花東）／楨彥有限公司
電話：（〇二）八九一九—三三六九
傳真：（〇二）八九一四—五五二四

雲嘉經銷／智豐圖書股份有限公司　嘉義公司
電話：（〇五）二三三—三八五二
傳真：（〇五）二三三—三八六三

南部經銷／智豐圖書股份有限公司　高雄公司
電話：（〇七）三七三—〇〇七九
傳真：（〇七）三七三—〇〇八七

一代匯集／香港九龍旺角塘尾道六十四號龍駒企業大廈十樓B＆D室
電話：（八五二）二七八三—八一〇二
傳真：（八五二）二七八二—一五二九

馬新經銷／城邦（馬新）出版集團Cite (M) Sdn. Bhd.
E-mail：cite@cite.com.my

法律顧問／王子文律師　元禾法律事務所
台北市羅斯福路三段三十七號十五樓

二〇一五年五月一版一刷
二〇二三年十一月一版十三刷

郵購注意事項：
1. 填妥劃撥單資料：帳號：50003021戶名：英屬蓋曼群島商家庭傳媒(股)公司城邦分公司。2. 通信欄內註明訂購書名與冊數。3. 劃撥金額低於500元，請加附掛號郵資50元。如劃撥日起 10～14日，仍未收到書時，請洽劃撥組。劃撥專線TEL：(03) 312-4212 ・ FAX：(03) 322-4621。E-mail：marketing@spp.com.tw

國家圖書館出版品預行編目資料

果然我的青春戀愛喜劇搞錯了。/ 渡航著 ； 涂祐庭譯.
— 1版. — 臺北市 ： 尖端, 2015.5-
冊 ； 公分. —（浮文字）
譯自 ： やはり俺の青春ラブコメは問違っている。
ISBN 978-957-10-5997-6(第10冊 ： 平裝)

861.57　　103023447